Carlo Goldoni

# Il servitore di due padroni

# Il servitore di due padroni

## *di Carlo Goldoni*

## L'autore a chi legge

Troverai, Lettor carissimo, la presente Commedia diversa moltissimo dall'altre mie, che lette avrai finora. Ella non è di carattere, se non se carattere considerare si voglia quello del *Truffaldino*, che un servitore sciocco ed astuto nel medesimo tempo ci rappresenta: sciocco cioè in quelle cose le quali impensatamente e senza studio egli opera, ma accortissimo allora quando l'interesse e la malizia l'addestrano, che è il vero carattere del villano.

Ella può chiamarsi piuttosto Commedia giocosa, perché di essa il gioco di *Truffaldino* forma la maggior parte. Rassomiglia moltissimo alle commedie usuali degl'Istrioni, se non che scevra mi pare di tutte quelle improprietà grossolane, che nel mio *Teatro Comico* ho condannate, e che dal Mondo sono oramai generalmente aborrite.

Improprietà potrebbe parere agli scrupolosi, che *Truffaldino* mantenga l'equivoco della sua doppia servitù, anche in faccia dei due padroni medesimi soltanto per questo, perché niuno di essi lo chiama mai col suo nome; che se una volta sola, o *Florindo,* o *Beatrice*, nell'Atto terzo, dicessero *Truffaldino*, in luogo di dir sempre *il mio Servitore*, l'equivoco sarebbe sciolto e la commedia sarebbe allora terminata. Ma di questi equivoci, sostenuti dall'arte dell'Inventore, ne sono piene le Commedie non solo, ma le Tragedie ancora; e quantunque io m'ingegni d'essere osservante del verisimile in una Commedia giocosa, credo che qualche cosa, che non sia impossibile, si possa facilitare.

Sembrerà a taluno ancora, che troppa distanza siavi dalla sciocchezza l'astuzia di *Truffaldino*; per esempio: lacerare una cambiale per disegnare la scalcherìa di una tavola, pare l'eccesso della goffaggine. Servire a due padroni, in due camere, nello stesso tempo, con tanta prontezza e celerità, pare l'eccesso della furberia. Ma appunto quel ch'io dissi a principio del carattere di *Truffaldino*: sciocco allor che opera senza pensamento, come quando lacera la cambiale; astutissimo quando opera con malizia, come nel servire a due tavole comparisce.

Se poi considerar vogliamo la catastrofe della Commedia, la peripezia, l'intreccio, *Truffaldino* non fa figura da protagonista, anzi, se escludere vogliamo la supposta vicendevole morte de' due amanti, creduta per opera di questo servo, la Commedia si potrebbe fare senza di lui; ma anche di ciò abbiamo infiniti esempi, quali io non adduco per non empire soverchiamente i fogli; e perché non mi credo in debito di provare ciò che mi lusingo non potermi essere contraddetto; per altro il celebre Molière istesso mi servirebbe di scorta a giustificarmi.

Quando io composi la presente Commedia, che fu nell'anno 1745, in Pisa, fra le cure legali, per trattenimento e per genio, non la scrissi io già, come al presente si vede. A riserva di tre o quattro scene per atto, le più interessanti per le parti serie, tutto il resto della Commedia era accennato soltanto, in quella maniera che i commedianti sogliono denominare "a soggetto"; cioè uno scenario disteso, in cui accennando il proposito, le tracce, e la condotta e il fine de' ragionamenti, che dagli Attori dovevano farsi, era poi in libertà de' medesimi supplire all'improvviso, con adattate parole e acconci lazzi, spiritosi concetti. In fatti fu questa mia Commedia all'improvviso così bene eseguita da' primi Attori che la rappresentarono, che io me ne compiacqui moltissimo, e non ho dubbio a credere che meglio essi non l'abbiano all'improvviso adornata, di quello possa aver io fatto scrivendola. I sali del *Truffaldino*, le facezie, le vivezze sono cose che riescono più saporite, quando prodotte sono sul fatto dalla prontezza di spirito, dall'occasione, dal brio. Quel celebre eccellente comico, noto all'Italia tutta pel nome appunto di *Truffaldino*, ha una prontezza tale di spirito, una tale abbondanza di sali e naturalezza di termini, che sorprende: e volendo io provvedermi per le parti di lui. Questa Commedia l'ha disegnata espressamente per lui, anzi mi ha egli medesimo l'argomento proposto, argomento un po' difficile in vero, che ha posto in cimento tutto il genio mio per la Comica artificiosa, e tutto il talento suo per l'esecuzione.

L'ho poi veduta in altre parti da altri comici rappresentare, e per mancanza forse non di merito, ma di quelle notizie che dallo scenario soltanto aver non poteano, parmi ch'ella decadesse moltissimo dal primo aspetto. Mi sono per questa ragione indotto a scriverla tutta, non già per obbligare quelli che sosterranno il carattere del *Truffaldino* a dir per l'appunto le parole mie, quando di meglio ne sappian dire, ma per dichiarare la mia intenzione, e per una strada assai dritta condurli al fine.

Affaticato mi sono a distendere tutti i lazzi più necessari, tutte le più minute osservazioni, per renderla facile quanto mai ho potuto, e se non ha essa il merito della Critica, della Morale, della istruzione, abbia almeno quello di una ragionevole condotta e di un discreto ragionevole gioco.

Prego però que' tali, che la parte del *Truffaldino* rappresenteranno, qualunque volta aggiungere del suo vi volessero, astenersi dalle parole sconce, da' lazzi sporchi; sicuri che di tali cose ridono soltanto quelli della vil plebe, e se ne offendono le gentili persone.

# PERSONAGGI

Pantalone de' Bisognosi

Clarice, *sua figliuola*

Il Dottore Lombardi

Silvio, *di lui figliuolo*

Beatrice, *torinese, in abito da uomo sotto nome di Federigo Rasponi*

Florindo Aretusi, *torinese di lei amante*

Brighella, *locandiere*

Smeraldina, *cameriera di Clarice*

Truffaldino, *servitore di Beatrice, poi di Florindo*

Un cameriere della locanda, *che parla*

Un servitore di Pantalone, *che parla*

Due facchini, *che parlano*

Camerieri d'osteria, *che non parlano*


La scena si rappresenta in Venezia

# ATTO PRIMO

## SCENA PRIMA

*Camera in casa di Pantalone*

*Pantalone, il Dottore, Clarice, Silvio, Brighella, Smeraldina, un altro Servitore di Pantalone.*

SILVIO Eccovi la mia destra, e con questa vi dono tutto il mio cuore (*a Clarice, porgendole la mano*).

PANTALONE Via, no ve vergognè; dèghe la man anca vu. Cusì sarè promessi, e presto presto sarè maridai (*a Clarice*).

CLARICE Sì caro Silvio, eccovi la mia destra. Prometto di essere vostra sposa.

SILVIO Ed io prometto esser vostro. (*Si danno la mano.*)

DOTTORE Bravissimi, anche questa è fatta. Ora non si torna più indietro.

SMERALDINA (Oh bella cosa! Propriamente anch'io me ne struggo di voglia).

PANTALONE Vualtri sarè testimoni de sta promission, seguida tra Clarice mia fia e el sior Silvio, fio degnissimo del nostro sior dottor Lombardi (*a Brighella ed al Servitore*).

BRIGHELLA Sior sì, sior compare, e la ringrazio de sto onor che la se degna de farme (*a Pantalone*).

PANTALONE Vedeu? Mi son stà compare alle vostre nozze, e vu se testimonio alle nozze de mia fia. Non ho volesto chiamar compari, invidar parenti, perchè anca sior Dottor el xè del mio temperamento; ne piase far le cosse senza strepito, senza grandezze. Magneremo insieme, se goderemo tra de nu, e nissun ne disturberà. Cossa diseu, putti, faremio pulito? (*a Clarice e Silvio*).

SILVIO Io non desidero altro che essere vicino alla mia cara sposa.

SMERALDINA (Certo che questa è la migliore vivanda).

DOTTORE Mio figlio non è amante della vanità. Egli è un giovane di buon cuore. Ama la vostra figliuola, e non pensa ad altro.

PANTALONE Bisogna dir veramente che sto matrimonio el sia stà destinà dal cielo, perché se a Turin no moriva sior Federigo Rasponi, mio corrispondente, savè che mia fia ghe l'aveva promessa a elo, e no la podeva toccar al mio caro sior zenero (*verso Silvio*).

SILVIO Certamente io posso dire di essere fortunato. Non so se dirà così la signora Clarice.

CLARICE Caro Silvio, mi fate torto. Sapete pur se vi amo; per obbedire il signor padre avrei sposato quel torinese, ma il mio cuore è sempre stato per voi.

DOTTORE Eppur è vero; il cielo, quando ha decretato una cosa, la fa nascere per vie non prevedute. Come è succeduta la morte di Federigo Rasponi? (a Pantalone).

PANTALONE Poverazzo! L'è stà mazzà de notte per causa de una sorella... No so gnente. I gh'ha dà una ferìa e el xè restà sulla botta.

BRIGHELLA Elo successo a Turin sto fatto? (a Pantalone).

PANTALONE A Turin.

BRIGHELLA Oh, povero signor! Me despiase infinitamente.

PANTALONE Lo conossevi sior Federigo Rasponi? (a Brighella).

BRIGHELLA Siguro che lo conosseva. So stà a Turin tre anni e ho conossudo anca so sorella. Una zovene de spirito, de corazo; la se vestiva da omo, l'andava a cavallo, e lu el giera innamorà de sta so sorella. Oh! chi l'avesse mai dito!

PANTALONE Ma! Le disgrazie le xè sempre pronte. Orsù, no parlemo de malinconie. Saveu cossa che v'ho da dir, missier Brighella caro? So che ve diletè de laorar ben in cusina. Vorave che ne fessi un per de piatti a vostro gusto.

BRIGHELLA La servirò volentiera. No fazzo per dir, ma alla mia locanda tutti se contenta. I dis cusì che in nissun logo i magna, come che se magna da mi. La sentirà qualcossa de gusto.

PANTALONE Bravo. Roba brodosa, vedè, che se possa bagnarghe drento delle molene de pan. (Si sente picchiare). Oh! i bate. Varda chi è, Smeraldina.

SMERALDINA Subito (parte, e poi ritorna).

CLARICE Signor padre, con vostra buona licenza.

PANTALONE Aspettè; vegnimo tutti. Sentimo chi xè.

SMERALDINA (torna) Signore, è un servitore di un forestiere che vorrebbe farvi un'imbasciata. A me non ha voluto dir nulla. Dice che vuol parlar col padrone.

PANTALONE Diseghe che el vegna avanti. Sentiremo cossa che el vol.

SMERALDINA Lo farò venire (parte).

CLARICE Ma io me ne anderei, signor padre.

PANTALONE Dove?

CLARICE Che so io? Nella mia camera.

PANTALONE Siora no, siora no; stè qua. (Sti novizzi non vòi gnancora che i lassemo soli) (*piano al Dottore*).

DOTTORE (Saviamente, con prudenza) (*piano a Pantalone*).


## SCENA SECONDA


*Truffaldino, Smeraldina e detti.*


TRUFFALDINO Fazz umilissima reverenza a tutti lor siori. Oh, che bella compagnia! Oh, che bella conversazion!

PANTALONE Chi seu, amigo? Cossa comandeu? (*a Truffaldino*).

TRUFFALDINO Chi èla sta garbata signora? (*a Pantalone, accennando Clarice*).

PANTALONE La xè mia fia.

TRUFFALDINO Me ne ralegher.

SMERALDINA E di più è sposa (*a Truffaldino*).

TRUFFALDINO Me ne consolo. E ella chi èla? (*a Smeraldina*).

SMERALDINA Sono la sua cameriera, signore.

TRUFFALDINO Me ne congratulo.

PANTALONE Oh via, sior, a monte le cerimonie. Cossa voleu da mi? Chi seu? Chi ve manda?

TRUFFALDINO Adasio, adasio, colle bone. Tre interrogazion in t'una volta l'è troppo per un poveromo.

PANTALONE (Mi credo che el sia un sempio costù) (*piano al Dottore*).

DOTTORE (Mi par piuttosto un uomo burlevole) (*piano a Pantalone*).

TRUFFALDINO V. S. è la sposa? (*a Smeraldina*).

SMERALDINA Oh! (*sospirando*) Signor no.

PANTALONE Voleu dir chi sè, o voleu andar a far i fatti vostri?

TRUFFALDINO Co no la vol altro che saver chi son, in do parole me sbrigo. Son servitor del me padron (*a Pantalone*). E cusì, tornando al nostro proposito... (*voltandosi a Smeraldina*).

PANTALONE Mo chi xèlo el vostro padron?

TRUFFALDINO L'è un forestier che vorave vegnir a farghe una visita (*a Pantalone*). Sul proposito dei sposi, discorreremo (*a Smeraldina, come sopra*).

PANTALONE Sto forestier chi xèlo? Come se chiamelo?

TRUFFALDINO Oh, l'è longa. L'è el sior Federigo Rasponi torinese, el me padron, che la reverisse, che l'è vegnù a posta, che l'è da basso, che el manda l'ambassada, che el vorria passar, che el me aspetta colla risposta. Èla contenta? Vorla saver altro? (*a Pantalone. Tutti fanno degli atti di ammirazione*). Tornemo a nu... (*a Smeraldina, come sopra*).

PANTALONE Mo vegni qua, parlè co mi. Cossa diavolo diseu?

TRUFFALDINO E se la vol saver chi son mi, mi son Truffaldin Batocchio, dalle vallade de Bergamo.

PANTALONE No m'importa de saver chi siè vu. Voria che me tornessi a dir chi xè sto vostro padron. Ho paura de aver strainteso.

TRUFFALDINO Povero vecchio! El sarà duro de recchie. El me padron l'è el sior Federigo Rasponi da Turin.

PANTALONE Andè via, che sè un pezzo de matto. Sior Federigo Rasponi da Turin el xè morto.

TRUFFALDINO L'è morto?

PANTALONE L'è morto seguro. Pur troppo per elo.

TRUFFALDINO (Diavol! Che el me padron sia morto? L'ho pur lassà vivo da basso!). Disì da bon, che l'è morto?

PANTALONE Ve digo assolutamente che el xè morto.

DOTTORE Sì, è la verità; è morto; non occorre metterlo in dubbio.

TRUFFALDINO (Oh, povero el me padron! Ghe sarà vegnù un accidente). Con so bona grazia (*si licenzia*).

PANTALONE No volè altro da mi?

TRUFFALDINO Co l'è morto, no m'occorre altro. (Voi ben andar a veder, se l'è la verità) (da sé, parte e poi ritorna).

PANTALONE Cossa credemio che el sia costù? Un furbo, o un matto?

DOTTORE Non saprei. Pare che abbia un poco dell'uno e un poco dell'altro.

BRIGHELLA A mi el me par piuttosto un semplizotto. L'è bergamasco, no crederia che el fuss un baron

SMERALDINA Anche l'idea l'ha buona. (Non mi dispiace quel morettino).

PANTALONE Ma cossa se insonielo de sior Federigo?

CLARICE Se fosse vero ch'ei fosse qui, sarebbe per me una nuova troppo cattiva.

PANTALONE Che spropositi! No aveu visto anca vu le lettere? (*a Clarice*).

SILVIO Se anche fosse egli vivo e fosse qui, sarebbe venuto tardi.

TRUFFALDINO (ritorna) Me maraveio de lor siori. No se tratta cusì colla povera zente. No se inganna cusì i forestieri. No le son azion da galantomeni. E me ne farò render conto.

PANTALONE (Vardemose, che el xè matto). Coss'è stà? Cossa v'ali fatto?

TRUFFALDINO Andarme a dir che sior Federigh Rasponi l'è morto?

PANTALONE E cusì?

TRUFFALDINO E cusì l'è qua, vivo, san, spiritoso e brillante, che el vol reverirla, se la se contenta.

PANTALONE Sior Federigo?

TRUFFALDINO Sior Federigo.

PANTALONE Rasponi?

TRUFFALDINO Rasponi.

PANTALONE Da Turin?

TRUFFALDINO Da Turin.

PANTALONE Fio mio, andè all'ospeal, che sè matto.

TRUFFALDINO Corpo del diavolo! Me farissi bestemiar come un zogador. Mo se l'è qua, in casa, in sala, che ve vegna el malanno.

PANTALONE Adessadesso ghe rompo el muso.

DOTTORE No, signor Pantalone, fate una cosa; ditegli che faccia venire innanzi questo tale, ch'egli crede essere Federigo Rasponi.

PANTALONE Via, felo vegnir avanti sto morto ressuscità.

TRUFFALDINO Che el sia stà morto e che el sia resuscità pol esser, mi no gh'ho niente in contrario. Ma adesso l'è vivo, e el vederì coi vostri occhi. Vagh a dirghe che el vegna. E da qua avanti imparè a trattar coi forestieri, coi omeni della me sorte, coi bergamaschi onorati (*a Pantalone, con collera*). Quella giovine, a so tempo se parleremo (*a Smeraldina, e parte*).

CLARICE (Silvio mio, tremo tutta) (*piano a Silvio*).

SILVIO (Non dubitate; in qualunque evento sarete mia) (*piano a Clarice*).

DOTTORE Ora ci chiariremo della verità.

PANTALONE Pol vegnir qualche baronato a darme da intender delle fandonie.

BRIGHELLA Mi, come ghe diseva, sior compare, l'ho conossudo el sior Federigo; se el sarà lu, vederemo.

SMERALDINA (Eppure quel morettino non ha una fisonomia da bugiardo. Voglio veder se mi riesce...). Con buona grazia di lor signori (*parte*).

## SCENA TERZA

*Beatrice in abito da uomo, sotto nome di Federigo, e detti.*

BEATRICE Signor Pantalone, la gentilezza che io ho ammirato nelle vostre lettere, non corrisponde al trattamento che voi mi fate in persona. Vi mando il servo, vi fo passar l'ambasciata, e voi mi fate stare all'aria aperta, senza degnarvi di farmi entrare che dopo una mezz'ora?

PANTALONE La compatissa... Ma chi xèla ella, patron?

BEATRICE Federigo Rasponi di Torino, per obbedirvi. (*Tutti fanno atti d'ammirazione*).

BRIGHELLA (Cossa vedio? Coss'è sto negozio? Questo no l'è Federigo, l'è la siora Beatrice so sorella. Voi osservar dove tende sto inganno).

PANTALONE Mi resto attonito... Me consolo de vederla san e vivo, quando avevimo avudo delle cattive nove. (Ma gnancora no ghe credo, savè) (*piano al Dottore*).

BEATRICE Lo so: fu detto che in una rissa rimasi estinto. Grazie al cielo, fui solamente ferito; e appena risanato, intrapresi il viaggio di Venezia, già da gran tempo con voi concertato.

PANTALONE No so cossa dir. La so ciera xè da galantomo: ma mi gh'ho riscontri certi e seguri, che sior Federigo sia morto; onde la vede ben... se no la me dà qualche prova in contrario...

BEATRICE È giustissimo il vostro dubbio; conosco la necessità di giustificarmi. Eccovi quattro lettere dei vostri amici corrispondenti, una delle quali è del ministro della nostra banca. Riconoscerete le firme, e vi accerterete dell'esser mio (*dà quattro lettere a Pantalone, il quale le legge da sé*).

CLARICE (Ah Silvio, siamo perduti!) (*piano a Silvio*).

SILVIO (La vita perderò, ma non voi!) (*piano a Clarice*).

BEATRICE (Oimè! Qui Brighella? Come diamine qui si ritrova costui? Egli mi conoscerà certamente; non vorrei che mi discoprisse) (*da sé, avvedendosi di Brighella*). Amico, mi par di conoscervi (*forte a Brighella*).

BRIGHELLA Sì signor, no la s'arrecorda a Turin Brighella Cavicchio?

BEATRICE Ah sì, ora vi riconosco (*si va accostando a Brighella*) Bravo galantuomo, che fate in Venezia? (Per amor del cielo, non mi scoprite) (*piano a Brighella*).

BRIGHELLA (Non gh'è dubbio) (*piano a Beatrice*). Fazzo el locandier, per servirla (*forte alla medesima*).

BEATRICE Oh, per l'appunto; giacché ho il piacer di conoscervi, verro ad alloggiare alla vostra locanda.

BRIGHELLA La me farà grazia. (Qualche contrabando, siguro).

PANTALONE Ho sentio tutto. Certo che ste lettere le me accompagna el sior Federigo Rasponi, e se ella me le presenta, bisognerave creder che la fosse... come che dise ste lettere.

BEATRICE Se qualche dubbio ancor vi restasse, ecco qui messer Brighella; egli mi conosce, egli può assicurarvi dell'esser mio.

BRIGHELLA Senz'altro, sior compare, lo assicuro mi.

PANTALONE Co la xè cusì, co me l'attesta, oltre le lettere, anca mio compare Brighella, caro sior Federigo, me ne consolo con ella, e ghe domando scusa se ho dubita.

CLARICE Signor padre, quegli è dunque il signor Federigo Rasponi?

PANTALONE Mo el xè elo lu.

CLARICE (Me infelice, che sarà di noi?) (*piano a Silvio*).

SILVIO (Non dubitate, vi dico; siete mia e vi difenderò) (*piano a Clarice*).

PANTALONE (Cossa diseu, dottor, xèlo vegnù a tempo?) (*piano al Dottore*).

DOTTORE *Accidit in puncto, quod non contingit in anno.*

BEATRICE Signor Pantalone, chi è quella signora (*accennando Clarice*).

PANTALONE La xè Clarice mia fia.

BEATRICE Quella a me destinata in isposa?

PANTALONE Sior sì, giusto quella. (Adesso son in t'un bell'intrigo).

BEATRICE Signora, permettetemi ch'io abbia l'onore di riverirvi (*a Clarice*).

CLARICE Serva divota (*sostenuta*).

BEATRICE Molto freddamente m'accoglie (*a Pantalone*).

PANTALONE Cossa vorla far? La xè timida de natura.

BEATRICE E quel signore è qualche vostro parente? (*a Pantalone, accennando Silvio*).

PANTALONE Sior sì; el xè un mio nevodo.

SILVIO No signore, non sono suo nipote altrimenti, sono lo sposo della signora Clarice (*a Beatrice*).

DOTTORE (Bravo! Non ti perdere. Di'la tua ragione, ma senza precipitare) (*piano a Silvio*).

BEATRICE Come! Voi sposo della signora Clarice? Non è ella a me destinata?

PANTALONE Via, via. Mi scoverzirò tutto. Caro sior Federigo, se credeva che fosse vera la vostra disgrazia che fussi morto, e cussì aveva dà mia fia a sior Silvio; qua no ghe xè un mal al mondo. Finalmente sè arriva in tempo. Clarice xè vostra, se la volè, e mi son qua a mantegnirve la mia parola. Sior Silvio, no so cossa dir; vedè coi vostri occhi la verità. Savè cossa che v'ho dito, e de mi no ve podè lamentar.

SILVIO Ma il signor Federigo non si contenterà di prendere una sposa, che porse ad altri la mano.

BEATRICE Io poi non sono si delicato. La prenderò non ostante. (Voglio anche prendermi un poco di divertimento).

DOTTORE (Che buon marito alla moda! Non mi dispiace).

BEATRICE Spero che la signora Clarice non ricuserà la mia mano.

SILVIO Orsù, signore, tardi siete arrivato. La signora Clarice deve esser mia, né sperate che io ve la ceda. Se il signor Pantalone mi farà torto, saprò vendicarmene; e chi vorrà Clarice, dovrà contenderla con questa spada (*parte*).

DOTTORE (Bravo, corpo di Bacco!).

BEATRICE (No, no, per questa via non voglio morire).

DOTTORE Padrone mio, V. S. è arrivato un po'tardi. La signora Clarice l'ha da sposare mio figlio. La legge parla chiaro. Prior in tempore, potior in iure (*parte*).

BEATRICE Ma voi, signora sposa, non dite nulla? (*a Clarice*).

CLARICE Dico che siete venuto per tormentarmi (*parte*).


## SCENA QUARTA


*Pantalone, Beatrice e Brighella, poi il Servitore di Pantalone.*


PANTALONE Come, pettegola? Cossa distu? (*le vuol correr dietro*).

BEATRICE Fermatevi, signor Pantalone; la compatisco. Non conviene prenderla con asprezza. Col tempo spero di potermi meritare la di lei grazia. Intanto andremo esaminando i nostri conti, che è uno dei due motivi per cui, come vi è noto, mi son portato a Venezia.

PANTALONE Tutto xè all'ordine per el nostro conteggio. Ghe farò veder el conto corrente; i so bezzi xè parechiai, e faremo el saldo co la vorrà.

BEATRICE Verro con più comodo a riverirvi; per ora, se mi permettete, andrò con Brighella a spedire alcuni piccioli affari che mi sono stati raccomandati. Egli è pratico della città, potrà giovarmi nelle mie premure.

PANTALONE La se serva come che la vol; e se la gh'ha bisogno de gnente, la comanda.

BEATRICE Se mi darete un poco di denaro, mi farete piacere; non ho voluto prenderne meco per non discapitare nelle monete.

PANTALONE Volentiera, la servirò. Adesso no gh'è el cassier. Subito che el vien, ghe manderò i bezzi fina a casa. No vala a star da mio compare Brighella?

BEATRICE Certamente, vado da lui; e poi manderò il mio servitore; egli è fidatissimo, gli si può fidar ogni cosa.

PANTALONE Benissimo; la servirò come la comanda, e se la vol restar da mi a far penitenza, la xè parona.

BEATRICE Per oggi vi ringrazio. Un'altra volta sarò a incomodarvi.

PANTALONE Donca starò attendendola.

SERVITORE Signore, è domandato (*a Pantalone*).

PANTALONE Da chi?

SERVITORE Di là... non saprei... (Vi sono degl'imbrogli) (*piano a Pantalone, e parte*).

PANTALONE Vegno subito. Con so bona grazia. La scusa, se no la compagno. Brighella, vu sè de casa; servilo vu sior Federigo.

BEATRICE Non vi prendete pena per me.

PANTALONE Bisogna che vaga. A bon reverirla. (Non voria che nascesse qualche diavolezzo) (*parte*).


## SCENA QUINTA


*Beatrice e Brighella.*


BRIGHELLA Se pol saver, siora Beatrice?...

BEATRICE Chetatevi, per amor del cielo, non mi scoprite. Il povero mio fratello è morto, ed è rimasto ucciso o dalle mani di Florindo Aretusi, o da alcun altro per di lui cagione. Vi sovverrete che Florindo mi amava, e mio fratello non voleva che io gli corrispondessi. Si attaccarono non so come: Federigo morì, e Florindo, per timore della giustizia, se n'è fuggito senza potermi dare un addio. Sa il cielo se mi dispiace la morte del povero mio fratello, e quanto ho pianto per sua

14

cagione; ma oramai non vi è più rimedio, e mi duole la perdita di Florindo So che a Venezia erasi egli addrizzato, ed io ho fatto la risoluzione di seguitarlo. Cogli abiti e colle lettere credenziali di mio fratello, eccomi qui arrivata colla speranza di ritrovarvi l'amante. Il signor Pantalone, in grazia di quelle lettere, e in grazia molto più della vostra asserzione, mi crede già Federigo. Faremo il saldo dei nostri conti, riscuoterò del denaro, e potrò soccorrere anche Florindo, se ne avrà di bisogno. Guardate dove conduce amore! Secondatemi, caro Brighella, aiutatemi; sarete largamente ricompensato.

BRIGHELLA Tutto va bene, ma no vorave esser causa mi che sior Pantalon, sotto bona fede, ghe pagasse el contante e che po el restasse burlà.

BEATRICE Come burlato? Morto mio fratello, non sono io l'erede?

BRIGHELLA L'è la verità. Ma perché no scovrirse?

BEATRICE Se mi scopro, non faccio nulla. Pantalone principierà a volermi far da tutore, e tutti mi seccheranno, che non istà bene, che non conviene, e che so io? Voglio la mia libertà. Durerà poco, ma pazienza. Frattanto qualche cosa sarà.

BRIGHELLA Veramente, signora, l'è sempre stada un spiritin bizzarro. La lassa far a mi, la staga su la mia fede. La se lassa servir.

BEATRICE Andiamo alla vostra locanda.

BRIGHELLA El so servitor dov'elo?

BEATRICE Ha detto che mi aspetterà sulla strada.

BRIGHELLA Dove l'ala tolto quel martuffo? Nol sa gnanca parlar.

BEATRICE L'ho preso per viaggio. Pare sciocco qualche volta, ma non lo è; e circa la fedeltà non me ne posso dolere.

BRIGHELLA Ah, la fedeltà l'è una bella cossa. Andemo, la resta servida, vardè amor cossa che el fa far.

BEATRICE Questo non è niente. Amor ne fa far di peggio (*parte*).

BRIGHELLA Eh, avemo principià ben. Andando in là, no se sa cossa possa succeder (*parte*).


### SCENA SESTA


*Strada colla locanda di Brighella*


*Truffaldino solo.*

15

TRUFFALDINO Son stuffo d'aspettar, che no posso più. Co sto me patron se magna poco, e quel poco el me lo fa suspirar. Mezzozorno della città l'è sonà che è mezz'ora, e el mezzozorno delle mie budelle l'è sonà che sarà do ore. Almanco savesse dove s'ha da andar a alozar. I alter subit che i arriva in qualche città, la prima cossa i va all'osteria. Lu, sior no, el lassa i bauli in barca del corrier. el va a far visite, e nol se recorda del povero servitor. Quand ch'i dis, bisogna servir i padroni con amor! Bisogna dir ai padroni, ch'i abbia un poco de carità per la servitù. Qua gh'è una locanda; quasi quasi anderia a veder se ghe fuss da devertir el dente; ma se el padron me cerca? So danno, che l'abbia un poco de discrezion. Voi andar; ma adess che ghe penso, gh'è un'altra piccola difficoltà, che no me l'arrecordava; non ho gnanca un quattrin. Oh povero Truffaldin! Più tost che far el servitor, corpo del diavol, me voi metter a far... cossa mo? Per grazia del Cielo, mi no so far gnente

## SCENA SETTIMA

*Florindo da viaggio con un Facchino col baule in spalla, e detto.*

FACCHINO Ghe digo che no posso più; el pesa che el mazza.

FLORINDO Ecco qui un'insegna d'osteria o di locanda. Non puoi far questi quattro passi?

FACCHINO Aiuto; el baul va in terra.

FLORINDO L'ho detto che tu non saresti stato al caso: sei troppo debole: non hai forza (*regge il baule sulle spalle del Facchino*).

TRUFFALDINo (Se podess vadagnar diese soldi) (*osservando il Facchino*). Signor, comandela niente da mi? La possio servir? (*a Florindo*).

FLORINDO Caro galantuomo, aiutate a portare questo baule in quell'albergo.

TRUFFALDINO Subito, la lassa far a mi. La varda come se fa. Passa via (*va colla spalla sotto il baule, lo prende tutto sopra di sé, e caccia in terra il Facchino con una spinta*).

FLORINDO Bravissimo.

TRUFFALDINO Se nol pesa gnente! (*entra nella locanda col baule*).

FLORINDO Vedete come si fa? (*al Facchino*).

FACCHINO Mi no so far de più. Fazzo el facchin per desgrazia; ma son fiol de una persona civil.

FLORINDO Che cosa faceva vostro padre?

FACCHINO Mio padre? El scortegava i agnelli per la città.

FLORINDO (Costui è un pazzo; non occorr'altro) (*vuol andare nella locanda*).

FACCHINO Lustrissimo, la favorissa.

FLORINDO Che cosa?

FACCHINO I bezzi della portadura.

FLORINDO Quanto ti ho da dare per dieci passi? Ecco lì la corriera (*accenna dentro alla scena*).

FACCHINO Mi no conto i passi; la me paga (*stende la mano*).

FLORINDO Eccoti cinque soldi (*gli mette una moneta in mano*).

FACCHINO La me paga (*tiene la mano stesa*).

FLORINDO O che pazienza! Eccotene altri cinque (*fa come sopra*).

FACCHINO La me paga (*come sopra*).

FLORINDO (*gli dà un calcio*) Sono annoiato.

FACCHINO Adesso son pagà (*parte*).


## SCENA OTTAVA


*Florindo, poi Truffaldino.*


FLORINDO Che razza di umori si danno! Aspettava proprio che io lo maltrattassi. Oh, andiamo un po'a vedere che albergo è questo...

TRUFFALDINO Signor, l'è restada servida.

FLORINDO Che alloggio è codesto?

TRUFFALDINO L'è una bona locanda, signor. Boni letti, bei specchi, una cusina bellissima, con un odor che consola. Ho parlà col camerier. La sarà servida da re.

FLORINDO Voi che mestiere fate?

TRUFFALDINO El servitor.

FLORINDO Siete veneziano?

TRUFFALDINO No son venezian, ma son qua del Stato. Son bergamasco, per servirla.

FLORINDO Adesso avete padrone?

TRUFFALDINO Adesso... veramente non l'ho.

FLORINDO Siete senza padrone?

TRUFFALDINO Eccome qua; la vede, son senza padron. (Qua nol gh'è el me padron, mi no digo busie).

FLORINDO Verreste voi a servirmi?

TRUFFALDINO A servirla? Perché no? (Se i patti fusse meggio, me cambieria de camisa).

FLORINDO Almeno per il tempo ch'io sto in Venezia.

TRUFFALDINO Benissimo. Quanto me vorla dar?

FLORINDO Quanto pretendete?

TRUFFALDINO Ghe dirò: un altro padron che aveva, e che adesso qua nol gh'ho più, el me dava un felippo al mese e le spese.

FLORINDO Bene, e tanto vi darò io.

TRUFFALDINO Bisognerave che la me dasse qualcossetta de più.

FLORINDO Che cosa pretendereste di più?

TRUFFALDINO Un soldetto al zorno per el tabacco.

FLORINDO Sì, volentieri; ve lo darò.

TRUFFALDINO Co l'è cusì, stago con lu.

FLORINDO Ma vi vorrebbe un poco d'informazione dei fatti vostri.

TRUFFALDINO Co no la vol altro che informazion dei fatti mii, la vada a Bergamo, che tutti ghe dirà chi son.

FLORINDO Non avete nessuno in Venezia che vi conosca?

TRUFFALDINO Son arrivà stamattina, signor.

FLORINDO Orsù; mi parete un uomo da bene. Vi proverò.

TRUFFALDINO La me prova, e la vederà.

FLORINDO Prima d'ogni altra cosa, mi preme vedere se alla Posta vi siano lettere per me. Eccovi mezzo scudo; andate alla Posta di Torino, domandate se vi sono lettere di Florindo Aretusi; se ve ne sono, prendetele e portatele subito, che vi aspetto.

TRUFFALDINO Intanto la fazza parecchiar da disnar.

FLORINDO Sì, bravo, farò preparare. (È faceto: non mi dispiace. A poco alla volta ne farò la prova) (*entra nella locanda*).

## SCENA NONA

*Truffaldino, poi Beatrice da uomo e Brighella.*

TRUFFALDINO Un soldo al zorno de più, i è trenta soldi al mese; no l'è gnanca vero che quell'alter me daga un felippo; el me dà diese pauli, Pol esser che diese pauli i fazza un felippo, ma mi nol so de seguro. E po quel sior turinese nol vedo più. L'è un matto. L'è un zovenotto che no gh'ha barba e no gh'ha giudizio. Lassemolo andar; andemo alla Posta per sto sior... (*vuol partire ed incontra Beatrice*).

BEATRICE Bravissimo. Così mi aspetti?

TRUFFALDINO Son qua, signor. V'aspetto ancora.

BEATRICE E perchè vieni a aspettarmi qui, e non nella strada dove ti ho detto? È un accidente che ti abbia ritrovato.

TRUFFALDINO Ho spasseggià un pochetto, perché me passasse la fame.

BEATRICE Orsù, va in questo momento alla barca del corriere. Fatti consegnare il mio baule e portalo alla locanda di messer Brighella...

BRIGHELLA Eccola l'à la mia locanda; nol pol fallar.

BEATRICE Bene dunque, sbrigati, che ti aspetto.

TRUFFALDINO (Diavolo! In quella locanda!).

BEATRICE Tieni, nello stesso tempo anderai alla Posta di Torino e domanderai se vi sono mie lettere. Anzi domanda se vi sono lettere di Federigo Rasponi e di Beatrice Rasponi. Aveva da venir meco anche mia sorella, e per un incomodo è restata in villa, qualche amica le potrebbe scrivere; guarda se ci sono lettere o per lei, o per me.

TRUFFALDINO (Mi no so quala far. Son l'omo più imbroià de sto mondo).

BRIGHELLA (Come aspettela lettere al so nome vero e al so nome finto, se l'è partida segretamente?) (*piano a Beatrice*).

BEATRICE (Ho lasciato ordine che mi si scriva ad un servitor mio fedele che amministra le cose della mia casa; non so con qual nome egli mi possa scrivere. Ma andiamo, che con comodo vi narrerò ogni cosa) (*piano a Brighella*). Spicciati, va alla Posta e va alla corriera. Prendi le lettere, fa portar il baule nella locanda, ti aspetto (*entra nella locanda*).

TRUFFALDINO Sì vu el padron della locanda? (*a Brighella*).

BRIGHELLA Si ben, son mi. Porteve ben, e no ve dubitè, che ve farò magnar ben (*entra nella locanda*).

## SCENA DECIMA

*Truffaldino, poi Silvio.*

TRUFFALDINO Oh bella! Ghe n'è tanti che cerca un padron, e mi ghe n'ho trovà do. Come diavol oia da far? Tutti do no li posso servir. No? E perché no? No la saria una bella cossa servirli tutti do, e guadagnar do salari, e magnar el doppio? La saria bella, se no i se ne accorzesse. E se i se ne accorze, cossa pèrdio? Gnente. Se uno me manda via, resto con quell'altro. Da galantomo, che me vai provar. Se la durasse anca un dì solo, me vòi provar. Alla fin averò sempre fatto una bella cossa. Animo; andemo alla Posta per tutti do (*incamminandosi*).

SILVIO (Questi è il servo di Federigo Rasponi). Galantuomo (*a Truffaldino*).

TRUFFALDINO Signor.

SILVIO Dov'è il nostro padrone?

TRUFFALDINO El me padron? L'è là in quella locanda.

SILVIO Andate subito dal vostro padrone, ditegli ch'io gli voglio parlare; s'è uomo d'onore, venga giù, ch'io l'attendo.

TRUFFALDINO Ma caro signor...

SILVIO Andate subito (*con voce alta*).

TRUFFALDINO Ma la sappia che el me padron...

SILVIO Meno repliche, giuro al cielo.

TRUFFALDINO Ma qualo ha da vegnir?...

SILVIO Subito, o ti bastono.

TRUFFALDINO (No so gnente, manderò el primo che troverò) (*entra nella locanda*).

## SCENA UNDICESIMA

*Silvio, poi Florindo e Truffaldino.*

SILVIO No, non sarà mai vero ch'io soffra vedermi innanzi agli occhi un rivale. Se Federigo scampò la vita una volta, non gli succederà sempre la stessa sorte. O ha da rinunziare ogni pretensione sopra Clarice, o l'avrà da far meco... Esce altra gente dalla locanda. Non vorrei essere disturbato (*si ritira dalla parte opposta*).

TRUFFALDINO Ecco là quel sior che butta fogo da tutte le bande (*accenna Silvio a Florindo*).

FLORINDO Io non lo conosco. Che cosa vuole da me? (*a Truffaldino*).

TRUFFALDINO Mi no so gnente. Vado a tor le lettere; con so bona grazia. (No voggio impegni) (*da sé, e parte*).

SILVIO (E Federigo non viene).

FLORINDO (Voglio chiarirmi della verità). Signore, siete voi che mi avete domandato? (*a Silvio*)

SILVIO Io? Non ho nemmeno l'onor di conoscervi.

FLORINDO Eppure quel servitore, che ora di qui è partito, mi ha detto che con voce imperiosa e con minaccie avete preteso di provocarmi.

SILVIO Colui m'intese male; dissi che parlar volevo al di lui padrone.

FLORINDO Bene, io sono il di lui padrone.

SILVIO Voi, il suo padrone?

FLORINDO Senz'altro. Egli sta al mio servizio.

SILVIO Perdonate dunque, o il vostro servitore è simile ad un altro che ho veduto stamane, o egli serve qualche altra persona.

FLORINDO Egli serve me, non ci pensate.

SILVIO Quand'è così, torno a chiedervi scusa.

FLORINDO Non vi è male. Degli equivoci ne nascon sempre.

SILVIO Siete voi forestiere, signore?

FLORINDO Turinese, a'vostri comandi.

SILVIO Turinese appunto era quello con cui desiderava sfogarmi.

FLORINDO Se è mio paesano, può essere ch'io lo conosca, e s'egli vi ha disgustato, m'impiegherò volentieri per le vostre giuste soddisfazioni.

SILVIO Conoscete voi un certo Federigo Rasponi?

FLORINDO Ah! l'ho conosciuto pur troppo.

SILVIO Pretende egli per una parola avuta dal padre togliere a me una sposa, che questa mane mi ha giurato la fede.

FLORINDO Non dubitate, amico, Federigo Rasponi non può involarvi la sposa. Egli è morto.

21

SILVIO Si, tutti credevano ch'ei fosse morto, ma stamane giunse vivo e sano in Venezia, per mio malanno, per mia disperazione.

FLORINDO Signore, voi mi fate rimaner di sasso.

SILVIO Ma! ci sono rimasto anch'io.

FLORINDO Federigo Rasponi vi assicuro che è morto.

SILVIO Federigo Rasponi vi assicuro che è vivo.

FLORINDO Badate bene che v'ingannerete.

SILVIO Il signor Pantalone de'Bisognosi, padre della ragazza, ha fatto tutte le possibili diligenze per assicurarsene, ed ha certissime prove che sia egli proprio in persona.

FLORINDO (Dunque non restò ucciso, come tutti credettero, nella rissa!).

SILVIO O egli, o io, abbiamo da rinunziare agli amori di Clarice, o alla vita.

FLORINDO (Qui Federigo? Fuggo dalla giustizia, e mi trovo a fronte il nemico!).

SILVIO È molto che voi non lo abbiate veduto. Doveva alloggiare in codesta locanda.

FLORINDO Non l'ho veduto; qui m'hanno detto che non vi era forestiere nessuno.

SILVIO Avrà cambiato pensiere. Signore, scusate se vi ho importunato Se lo vedete, ditegli che per suo meglio abbandoni l'idea di cotali nozze. Silvio Lombardi è il mio nome; avrò l'onore di riverirvi.

FLORINDO Gradirò sommamente la vostra amicizia. (Resto pieno di confusione).

SILVIO Il vostro nome, in grazia, poss'io saperlo?

FLORINDO (Non vo'scoprirmi). Orazio Ardenti per obbedirvi.

SILVIO Signor Orazio, sono a'vostri comandi (parte).


## SCENA DODICESIMA


*Florindo solo.*


FLORINDO Come può darsi che una stoccata, che lo passò dal fianco alle reni, non l'abbia ucciso? Lo vidi pure io stesso disteso al suolo, involto nel proprio sangue. Intesi dire che spirato egli era sul colpo. Pure potrebbe darsi che morto non fosse. Il ferro toccato non lo avrà nelle parti vitali. La confusione fa travedere. L'esser io fuggito da Torino subito dopo il fatto, che a me per la inimicizia nostra venne imputato, non mi ha lasciato luogo a rilevare la verità. Dunque, giacché non è morto, sarà meglio ch'io ritorni a Torino, ch'io vada a consolare la mia diletta Beatrice, che vive forse penando, e piange per la mia lontananza.

## SCENA TREDICESIMA

*Truffaldino con un altro Facchino che porta il baule di Beatrice, e detto.*

*Truffaldino s'avanza alcuni passi col Facchino, poi accorgendosi di Florindo e dubitando esser veduto, fa ritirare il Facchino.*

TRUFFALDINO Andemo con mi... Oh diavol! L è qua quest'alter padron. Retirete, camerada, e aspetteme su quel canton (*il Facchino si ritira*).

FLORINDO (Sì, senz'altro. Ritornerò a Torino).

TRUFFALDINO Son qua, signor...

FLORINDO Truffaldino, vuoi venir a Torino con me?

TRUFFALDINO Quando?

FLORINDO Ora, subito.

TRUFFALDINO Senza disnar?

FLORINDO No; si pranzerà, e poi ce n'andremo.

TRUFFALDINO Benissimo; disnando ghe penserò.

FLORINDO Sei stato alla Posta?

TRUFFALDINO Signor sì.

FLORINDO Hai trovato mie lettere?

TRUFFALDINO Ghe n'ho trovà.

FLORINDO Dove sono?

TRUFFALDINO Adesso le troverò (*tira fuori di tasca tre lettere*). (Oh diavolo! Ho confuso quelle de un padron con quelle dell'altro. Come faroio a trovar fora le soe? Mi no so lezer).

FLORINDO Animo, dà qui le mie lettere.

TRUFFALDINO Adesso, signor. (Son imbroiado). Ghe dirò, signor. Ste tre lettere no le vien tutte a V. S. Ho trovà un servitor che me cognosse, che semo stadi a servir a Bergamo insieme; gh'ho dit

23

che andava alla Posta, e el m'ha pregà che veda se gh'era niente per el so padron. Me par che ghe ne fusse una, ma no la conosso più, no so quala che la sia.

FLORINDO Lascia vedere a me; prenderò le mie, e l'altra te la renderò.

TRUFFALDINO Tolì pur. Me preme de servir l'amigo.

FLORINDO (Che vedo? Una lettera diretta a Beatrice Rasponi? A Beatrice Rasponi in Venezia!).

TRUFFALDINO L'avì trovada quella del me camerada?

FLORINDO Chi è questo tuo camerata, che ti ha dato una tale incombenza?

TRUFFALDINO L'è un servitor... che gh'ha nome Pasqual.

FLORINDO Chi serve costui?

TRUFFALDINO Mi no lo so, signor.

FLORINDO Ma se ti ha detto di cercar le lettere del suo padrone, ti avrà dato il nome.

TRUFFALDINO Naturalmente. (L'imbroio cresce).

FLORINDO Ebbene, che nome ti ha dato?

TRUFFALDINO No me l'arrecordo.

FLORINDO Come!...

TRUFFALDINO El me l'ha scritto su un pezzo de carta.

FLORINDO E dov'è la carta?

TRUFFALDINO L'ho lassada alla Posta.

FLORINDO (Io sono in un mare di confusioni).

TRUFFALDINO (Me vado inzegnando alla meio).

FLORINDO Dove sta di casa questo Pasquale?

TRUFFALDINO Non lo so in verità.

FLORINDO Come potrai ricapitargli la lettera?

TRUFFALDINO El m'ha dito che se vederemo in piazza.

FLORINDO (Io non so che pensare).

TRUFFALDINO (Se la porto fora netta, l'è un miracolo). La me favorissa quella lettera, che vederò de trovarlo.

FLORINDO No, questa lettera voglio aprirla.

TRUFFALDINO Ohibò; no la fazza sta cossa. La sa pur, che pena gh'è a avrir le lettere.

FLORINDO Tant'è, questa lettera m'interessa troppo. È diretta a persona, che mi appartiene per qualche titolo. Senza scrupolo la posso aprire (l'apre).

TRUFFALDINO (Schiavo siori. El l'ha fatta).

FLORINDO (*legge*)


*Illustrissima signora padrona.*

*La di lei partenza da questa città ha dato motivo di discorrere a tutto il paese; e tutti capiscono ch'ella abbia fatto tale risoluzione per seguitare il signor Florindo. Lo Corte ha penetrato ch'ella sia fuggita in abito da uomo, e non lascia di far diligenze per rintracciarla e farla arrestare. Io non ho spedito la presente da questa Posta di Torino per Venezia a dirittura, per non iscoprire il paese dov'ella mi ha confidato che pensava portarsi; ma l'ho inviata ad un amico di Genova, perché poi di la la trasmettesse a Venezia. Se avrò novità di rimarco, non lascerò di comunicargliele collo stesso metodo, e umilmente mi rassegno.*

*Umilissimo e fedelissimo servitore*

*Tognin della Doira.*


TRUFFALDINO (Che bell'azion! Lezer i fatti d'i altri).

FLORINDO (Che intesi mai? Che lessi? Beatrice partita di casa sua? in abito d'uomo? per venire in traccia di me? Ella mi ama davvero. Volesse il cielo che io la ritrovassi in Venezia!). Va, caro Truffaldino, usa ogni diligenza per ritrovare Pasquale; procura di ricavare da lui chi sia il suo padrone, se uomo, se donna. Rileva dove sia alloggiato, e se puoi, conducilo qui da me, che a te e a lui darò una mancia assai generosa.

TRUFFALDINO Deme la lettera; procurerò de trovarlo.

FLORINDO Eccola, mi raccomando a te. Questa cosa mi preme infinitamente.

TRUFFALDINO Ma ghe l'ho da dar cusì averta?

FLORINDO Digli che è stato un equivoco, un accidente. Non mi trovare difficoltà.

TRUFFALDINO E a Turin se va più per adesso?

FLORINDO No, non si va più per ora. Non perder tempo. Procura di ritrovar Pasquale. (Beatrice in Venezia, Federigo in Venezia. Se la trova il fratello, misera lei; farò io tutte le diligenze possibili per rinvenirla) (*parte*).

## SCENA QUATTORDICESIMA

*Truffaldino solo, poi il Facchino col baule.*

TRUFFALDINO Ho gusto da galantomo, che no se vada via. Ho volontà de veder come me riesce sti do servizi. Vòi provar la me abilità. Sta lettera, che va a st'alter me padron, me despias de averghela da portar averta. M'inzegnerò de piegarla (*fa varie piegature cattive*). Adess mo bisogneria bollarla. Se savess come far! Ho vist la me siora nonna, che delle volte la bollava le lettere col pan mastegà. Voio provar (*tira fuori di tasca un pezzetto di pane*). Me despiase consumar sto tantin de pan; ma ghe vol pazenzia (*mastica un po'di pane per sigillare la lettera, ma non volendo l'inghiotte*). Oh diavolo! L'è andà zo. Bisogna mastegarghene un altro boccon (*fa lo stesso e l'inghiotte*). No gh'è remedio, la natura repugna. Me proverò un'altra volta (*mastica, come sopra. Vorrebbe inghiottir il pane, ma si trattiene, e con gran fatica se lo leva di bocca*). Oh, l'è vegnù. Bollerò la lettera (*la sigilla col pane*). Me par che la staga ben. Gran mi per far le cosse pulito! Oh, no m'arrecordava più del facchin. Camerada, vegnì avanti, tolì su el baul (*verso la scena*).

FACCHINO (*col baule in spalla*) Son qua, dove l'avemio da portar?

TRUFFALDINO Portel in quella locanda, che adess vegno anca mi.

FACCHINO E chi pagherà?

## SCENA QUINDICESIMA

*Beatrice, che esce dalla locanda, e detti.*

BEATRICE È questo il mio baule? (*a Truffaldino*).

TRUFFALDINO Signor sì.

BEATRICE Portatelo nella mia camera (*al Facchino*).

FACCHINO Qual è la so camera?

BEATRICE Domandatelo al cameriere.

FACCHINO Semo d'accordo trenta soldi.

BEATRICE Andate, che vi pagherò.

FACCHINO Che la fazza presto.

BEATRICE Non mi seccate.

FACCHINO Adessadesso ghe butto el baul in mezzo alla strada (*entra nella locanda*).

TRUFFALDINO Gran persone gentili che son sti facchini!

BEATRICE Sei stato alla Posta?

TRUFFALDINO Signor si.

BEATRICE Lettere mie ve ne sono?

TRUFFALDINO Ghe n'era una de vostra sorella.

BEATRICE Bene, dov'è?

TRUFFALDINO Eccola qua (*le dà la lettera*).

BEATRICE Questa lettera è stata aperta.

TRUFFALDINO Averta? Oh! no pol esser.

BEATRICE Aperta e sigillata ora col pane.

TRUFFALDINO Mi no saveria mai come che la fusse.

BEATRICE Non lo sapresti, eh? Briccone, indegno; chi ha aperto questa lettera? Voglio saperlo.

TRUFFALDINO Ghe dirò, signor, ghe confesserò la verità. Semo tutti capaci de fallar. Alla Posta gh'era una lettera mia; so poco lezer; e in fallo, in vece de averzer la mia, ho averto la soa. Ghe domando perdon.

BEATRICE Se la cosa fosse così, non vi sarebbe male.

TRUFFALDINO L'è così da povero fiol.

BEATRICE L'hai letta questa lettera? Sai che cosa contiene?

TRUFFALDINO Niente affatto. L'è un carattere che no capisso.

BEATRICE L'ha veduta nessuno?

TRUFFALDINO Oh! (*maravigliandosi*).

BEATRICE Bada bene, veh!

TRUFFALDINO Uh! (*come sopra*).

BEATRICE (Non vorrei che costui m'ingannasse) (*legge piano*).

TRUFFALDINO (Anca questa l'è tacconada).

BEATRICE (Tognino è un servitore fedele. Gli ho dell'obbligazione). Orsù, io vado per un interesse poco lontano Tu va nella locanda, apri il baule, eccoti le chiavi e da'un poco d'aria ai miei vestiti.

Quando torno, si pranzerà (Il signor Pantalone non si vede, ed a me premono queste monete) (*parte*).


## SCENA SEDICESIMA


*Truffaldino, poi Pantalone.*


TRUFFALDINO Mo l'è andada ben, che no la podeva andar meio. Son un omo de garbo; me stimo cento scudi de più de quel che no me stimava.

PANTALONE Disè, amigo, el vostro padron xèlo in casa?

TRUFFALDINO Sior no, nol ghe xè.

PANTALONE Saveu dove che el sia?

TRUFFALDINO Gnanca.

PANTALONE Vienlo a casa a disnar?

TRUFFALDINO Mi crederave de sì.

PANTALONE Tolè, col vien a casa, deghe sta borsa co sti cento ducati. No posso trattegnirme, perché gl'ho da far. Ve reverisso (*parte*).


## SCENA DICIASSETTESIMA


*Truffaldino, poi Florindo.*


TRUFFALDINO La diga, la senta. Bon viazo. Non m'ha gnanca dito a qual dei mi padroni ghe l'ho da dar.

FLORINDO E bene, hai tu ritrovato Pasquale?

TRUFFALDINO Sior no, no l'ho trovà Pasqual, ma ho trovà uno, che m'ha dà una borsa con cento ducati.

FLORINDO Cento ducati? Per farne che?

TRUFFALDINO Disim la verità, sior padron, aspetteu denari da nissuna banda?

FLORINDO Sì ho presentata una lettera ad un mercante.

TRUFFALDINO Donca sti quattrini i sarà vostri.

FLORINDO Che cosa ha detto chi te li ha dati?

TRUFFALDINO El m'ha dit, che li daga al me padron.

FLORINDO Dunque sono miei senz'altro. Non sono io il tuo padrone? Che dubbio c'è?

TRUFFALDINO (Nol sa gnente de quell'alter padron).

FLORINDO E non sai chi te li abbia dati?

TRUFFALDINO Mi no so; me par quel viso averlo visto un'altra volta, ma no me recordo.

FLORINDO Sarà un mercante, a cui sono raccomandato.

TRUFFALDINO El sarà lu senz'altro.

FLORINDO Ricordati di Pasquale.

TRUFFALDINO Dopo disnar lo troverò.

FLORINDO Andiamo dunque a sollecitare il pranzo (*entra nella locanda*).

TRUFFALDINO Andemo pur. Manco mal che sta volta non ho fallà. La borsa l'ho dada a chi l'aveva d'aver (*entra nella locanda*).


## SCENA DICIOTTESIMA


*Camera in casa di Pantalone Pantalone e Clarice, poi Smeraldina.*


PANTALONE Tant'è; sior Federigo ha da esser vostro mario. Ho dà parola, e no son un bambozzo.

CLARICE Siete padrone di me, signor padre; ma questa, compatitemi, è una tirannia.

PANTALONE Quando sior Federigo v'ha fatto domandar, ve l'ho dito; vu non m'avè resposo de no volerlo. Allora dovevi parlar; adesso no sè più a tempo.

CLARICE La soggezione, il rispetto, mi fecero ammutolire.

PANTALONE Fè che el respetto e la suggizion fazza l'istesso anca adesso.

CLARICE Non posso, signor padre.

PANTALONE No? per cossa?

CLARICE Federigo non lo sposerò certamente.

PANTALONE Ve despiaselo tanto?

CLARICE È odioso agli occhi miei.

PANTALONE Anca sì che mi ve insegno el modo de far che el ve piasa?

CLARICE Come mai, signore?

PANTALONE Desmenteghève sior Silvio, e vederè che el ve piaserà.

CLARICE Silvio è troppo fortemente impresso nell'anima mia; e voi coll'approvazione vostra lo avete ancora più radicato.

PANTALONE (Da una banda la compatisso). Bisogna far de necessità vertù.

CLARICE Il mio cuore non è capace di uno sforzo sì grande.

PANTALONE Feve animo, bisogna farlo...

SMERALDINA Signor padrone, è qui il signor Federigo, che vuol riverirla.

PANTALONE Ch'el vegna, che el xè patron.

CLARICE Oimè! Che tormento! (*piange*).

SMERALDINA Che avete, signora padrona? Piangete? In verità avete torto. Non avete veduto com'è bellino il signor Federigo? Se toccasse a me una tal fortuna, non vorrei piangere, no; vorrei ridere con tanto di bocca (*parte*).

PANTALONE Via, fia mia, no te far veder a pianzer.

CLARICE Ma se mi sento scoppiar il cuore.


## SCENA DICIANNOVESIMA


*Beatrice da uomo, e detti.*


BEATRICE Riverisco il signor Pantalone.

PANTALONE Padron reverito. Àla recevesto una borsa con cento ducati?

BEATRICE Io no.

PANTALONE Ghe l'ho dada za un poco al so servitor. La m'ha dito che el xè un omo fidà.

BEATRICE Sì, non vi è pericolo. Non l'ho veduto: me li darà, quando torno a casa. (Che ha la signora Clarice che piange?) (*piano a Pantalone*).

PANTALONE (Caro sior Federigo, bisogna compatirla. La nova della so morte xè stada causa de sto mal. Col tempo spero che la se scambierà) (*piano a Beatrice*).

BEATRICE (Fate una cosa, signor Pantalone, lasciatemi un momento in libertà con lei, per vedere se mi riuscisse d'aver una buona parola) (*come sopra*).

PANTALONE Sior Sì; vago e vegno. (Voggio provarle tutte). Fia mia, aspetteme, che adesso torno. Tien un poco de compagnia al to novizzo. (Via, abbi giudizio) (*piano a Clarice, e parte*).


## SCENA VENTESIMA


*Beatrice e Clarice.*


BEATRICE Deh, signora Clarice...

CLARICE Scostatevi, e non ardite d'importunarmi.

BEATRICE Così severa con chi vi è destinato in consorte?

CLARICE Se sarò strascinata per forza alle vostre nozze, avrete da me la mano, ma non il cuore.

BEATRICE Voi siete sdegnata meco, eppure io spero placarvi.

CLARICE V'aborrirò in eterno.

BEATRICE Se mi conosceste, voi non direste così.

CLARICE Vi conosco abbastanza per lo sturbatore della mia pace.

BEATRICE Ma io ho il modo di consolarvi.

CLARICE V'ingannate; altri che Silvio consolare non mi potrebbe.

BEATRICE Certo che non posso darvi quella consolazione, che dar vi potrebbe il vostro Silvio, ma posso contribuire alla vostra felicità.

CLARICE Mi par assai, signore, che parlandovi io in una maniera la più aspra del mondo, vogliate ancor tormentarmi.

BEATRICE (Questa povera giovane mi fa pietà; non ho cuore di vederla penare).

CLARICE (La passione mi fa diventare ardita, temeraria, incivile).

BEATRICE Signora Clarice, vi ho da confidare un segreto.

CLARICE Non vi prometto la segretezza. Tralasciate di confidarmelo.

BEATRICE La vostra austerità mi toglie il modo di potervi render felice.

CLARICE Voi non mi potete rendere che sventurata.

BEATRICE V'ingannate; e per convincervi vi parlerò schiettamente. Se voi non volete me, io non saprei che fare di voi. Se avete ad altri impegnata la destra, anch'io con altri ho impegnato il cuore.

CLARICE Ora cominciate a piacermi.

BEATRICE Non vel dissi che aveva io il modo di consolarvi?

CLARICE Ah, temo che mi deludiate.

BEATRICE No, signora, non fingo. Parlovi col cuore sulle labbra; e se mi promettete quella segretezza che mi negaste poc'anzi, vi confiderò un arcano, che metterà in sicuro la vostra pace.

CLARICE Giuro di osservare il più rigoroso silenzio.

BEATRICE Io non sono Federigo Rasponi, ma Beatrice di lui sorella.

CLARICE Oh! che mi dite mai! Voi donna?

BEATRICE Sì, tale io sono. Pensate, se aspiravo di cuore alle vostre nozze.

CLARICE E di vostro fratello che nuova ci date?

BEATRICE Egli morì pur troppo d'un colpo di spada. Fu creduto autore della di lui morte un amante mio, di cui sotto di queste spoglie mi porto in traccia. Pregovi per tutte le sacre leggi d'amicizia e d'amore di non tradirmi. So che incauta sono io stata confidandovi un tale arcano, ma l'ho fatto per più motivi; primieramente, perché mi doleva vedervi afflitta; in secondo luogo, perché mi pare conoscere in voi che siate una ragazza da potersi comprometter di segretezza; per ultimo, perché il vostro Silvio mi ha minacciato e non vorrei che, sollecitato da voi, mi ponesse in qualche cimento.

CLARICE A Silvio mi permettete voi ch'io lo dica?

BEATRICE No, anzi ve lo proibisco assolutamente.

CLARICE Bene, non parlerò.

BEATRICE Badate che mi fido di voi.

CLARICE Ve lo giuro di nuovo, non parlerò.

BEATRICE Ora non mi guarderete più di mal occhio.

CLARICE Anzi vi sarò amica; e, se posso giovarvi, disponete di me.

BEATRICE Anch'io vi giuro eterna la mia amicizia. Datemi la vostra mano.

CLARICE Eh, non vorrei...

BEATRICE Avete paura ch'io non sia donna? Vi darò evidenti prove della verità.

CLARICE Credetemi, ancora mi pare un sogno.

BEATRICE Infatti la cosa non è ordinaria.

CLARICE È stravagantissima.

BEATRICE Orsù, io me ne voglio andare. Tocchiamoci la mano in segno di buona amicizia e di fedeltà.

CLARICE Ecco la mano; non ho nessun dubbio che m'inganniate.


## SCENA VENTUNESIMA


*Pantalone e dette.*


PANTALONE Bravi! Me ne rallegro infinitamente. (Fia mia, ti t'ha giustà molto presto) (*a Clarice*).

BEATRICE Non vel dissi, signor Pantalone, ch'io l'avrei placata?

PANTALONE Bravo! Avè fatto più vu in quattro minuti, che no averave fatto mi in quattr'anni.

CLARICE (Ora sono in un laberinto maggiore).

PANTALONE Donca stabiliremo presto sto matrimonio (*a Clarice*).

CLARICE Non abbiate tanta fretta, signore.

PANTALONE Come! Se se tocca le manine in scondon, e non ho d'aver pressa? No, no, no voggio che me succeda desgrazie. Doman se farà tutto.

BEATRICE Sarà necessario, signor Pantalone, che prima accomodiamo le nostre partite, che vediamo il nostro conteggio.

PANTALONE Faremo tutto. Queste le xè cosse che le se fa in do ore. Doman daremo l'anello.

CLARICE Deh, signor padre...

PANTALONE Siora fia, vago in sto ponto a dir le parole a sior Silvio.

CLARICE Non lo irritate, per amor del cielo.

PANTALONE Coss'è? Ghe ne vustu do?

CLARICE Non dico questo. Ma...

PANTALONE Ma e mo, la xè finia. Schiavo, siori (*vuol partire*).

BEATRICE Udite... (*a Pantalone*).

PANTALONE Sè mario e muggier (*partendo*).

CLARICE Piuttosto... (*a Pantalone*).

PANTALONE Stassera la descorreremo (*parte*).


## SCENA VENTIDUESIMA


*Beatrice e Clarice.*


CLARICE Ah, signora Beatrice, esco da un affanno per entrare in un altro.

BEATRICE Abbiate pazienza. Tutto può succedere, fuor ch'io vi sposi.

CLARICE E se Silvio mi crede infedele?

BEATRICE Durerà per poco l'inganno.

CLARICE Se gli potessi svelare la verità...

BEATRICE Io non vi disimpegno dal giuramento.

CLARICE Che devo fare dunque?

BEATRICE Soffrire un poco.

CLARICE Dubito che sia troppo penosa una tal sofferenza.

BEATRICE Non dubitate, che dopo i timori, dopo gli affanni, riescono più graditi gli amorosi contenti (parte).

CLARICE Non posso lusingarmi di provar i contenti, finchè mi vedo circondata da pene. Ah, pur troppo egli è vero: in questa vita per lo più o si pena, o si spera, e poche volte si gode (parte).

# ATTO SECONDO

## SCENA PRIMA

*Cortile in casa di Pantalone*

*Silvio e il Dottore.*

SILVIO Signor padre, vi prego lasciarmi stare.

DOTTORE Fermati; rispondimi un poco.

SILVIO Sono fuori di me.

DOTTORE Per qual motivo sei tu venuto nel cortile del signor Pantalone?

SILVIO Perché voglio, o che egli mi mantenga quella parola che mi ha dato, o che mi renda conto del gravissimo affronto.

DOTTORE Ma questa è una cosa che non conviene farla nella propria casa di Pantalone. Tu sei un pazzo a lasciarti trasportar dalla collera.

SILVIO Chi tratta male con noi, non merita alcun rispetto.

DOTTORE È vero, ma non per questo si ha da precipitare. Lascia fare a me, Silvio mio, lascia un po'ch'io gli parli; può essere ch'io lo illumini e gli faccia conoscere il suo dovere. Ritirati in qualche loco, e aspettami; esci di questo cortile, non facciamo scene. Aspetterò io il signor Pantalone.

SILVIO Ma io, signor padre...

DOTTORE Ma io, signor figliuolo, voglio poi esser obbedito.

SILVIO Sì, v'obbedirò. Me n'anderò. Parlategli. Vi aspetto dallo speziale. Ma se il signor Pantalone persiste, avrà che fare con me (*parte*).

## SCENA SECONDA

*Il Dottore, poi Pantalone.*

DOTTORE Povero figliuolo, lo compatisco. Non doveva mai il signor Pantalone lusingarlo a tal segno, prima di essere certo della morte del torinese. Vorrei pure vederlo quieto, e non vorrei che la collera me lo facesse precipitare.

PANTALONE (Cossa fa el Dottor in casa mia?).

DOTTORE Oh, signor Pantalone, vi riverisco.

PANTALONE Schiavo, sior Dottor. Giusto adesso vegniva a cercar de vu e de vostro fio.

DOTTORE Sì? Bravo, m'immagino che dovevate venir in traccia di noi, per assicurarci che la signora Clarice sarà moglie di Silvio.

PANTALONE Anzi vegniva per dirve... (*mostrando difficoltà di parlare*).

DOTTORE No, non c'è bisogno di altre giustificazioni. Compatisco il caso in cui vi siete trovato. Tutto vi si passa in grazia della buona amicizia.

PANTALONE Seguro, che considerando la promessa fatta a sior Federigo... (*titubando, come sopra*).

DOTTORE E colto all'improvviso da lui, non avete avuto tempo a riflettere; e non avete pensato all'affronto che si faceva alla nostra casa.

PANTALONE No se pol dir affronto, quando con un altro contratto...

DOTTORE So che cosa volete dire. Pareva a prima vista che la promessa col turinese fosse indissolubile, perché stipulata per via di contratto. Ma quello era un contratto seguito fra voi e lui; e il nostro è confermato dalla fanciulla.

PANTALONE Xè vero; ma...

DOTTORE E sapete bene che in materia di matrimoni: *Consensus et non concubitus facit virum.*

PANTALONE Mi no so de latin; ma ve digo...

DOTTORE E le ragazze non bisogna sacrificarle.

PANTALONE Aveu altro da dir?

DOTTORE Per me ho detto.

PANTALONE Aveu fenio?

DOTTORE Ho finito.

PANTALONE Possio parlar?

DOTTORE Parlate.

PANTALONE Sior dottor caro, con tutta la vostra dottrina...

DOTTORE Circa alla dote ci aggiusteremo. Poco più, poco meno, non guarderò.

PANTALONE Semo da capo. Voleu lassarme parlar?

DOTTORE Parlate.

PANTALONE Ve digo che la vostra dottrina xè bella e bona; ma in sto caso no la conclude.

DOTTORE E voi comporterete che segua un tal matrimonio?

PANTALONE Per mi giera impegnà, che no me podeva cavar. Mia fia xè contenta; che difficoltà possio aver? Vegniva a posta a cercar de vu o de sior Silvio, per dirve sta cossa. La me despiase assae, ma non ghe vedo remedio.

DOTTORE Non mi maraviglio della vostra figliuola; mi maraviglio di voi, che trattiate sì malamente con me. Se non eravate sicuro della morte del signor Federigo, non avevate a impegnarvi col mio figliuolo; e se con lui vi siete impegnato, avete a mantener la parola a costo di tutto. La nuova della morte di Federigo giustificava bastantemente, anche presso di lui, la vostra nuova risoluzione, né poteva egli rimproverarvi, né aveva luogo a pretendere veruna soddisfazione. Gli sponsali contratti questa mattina fra la signora Clarice ed il mio figliuolo *coram testibus* non potevano essere sciolti da una semplice parola data da voi ad un altro. Mi darebbe l'animo colle ragioni di mio figliuolo render nullo ogni nuovo contratto, e obbligar vostra figlia a prenderlo per marito; ma mi vergognerei d'avere in casa mia una nuora di così poca riputazione, una figlia di un uomo senza parola, come voi siete. Signor Pantalone, ricordatevi che l'avete fatta a me, che l'avete fatta alla casa Lombardi verrà il tempo che forse me la dovrete pagare: sì, verrà il tempo: *omnia tempus habent* (*parte*).

<br>

### SCENA TERZA

<br>

*Pantalone, poi Silvio.*

<br>

PANTALONE Andè, che ve mando. No me n'importa un figo, e no gh'ho paura de vu. Stimo più la casa Rasponi de cento case Lombardi. Un fio unico e ricco de sta qualità se stenta a trovarlo. L'ha da esser cussì.

SILVIO (Ha bel dire mio padre. Chi si può tenere, si tenga).

PANTALONE (Adesso, alla segonda de cambio) (*vedendo Silvio*).

SILVIO Schiavo suo, signore (*bruscamente*).

PANTALONE Patron reverito. (*La ghe fuma*).

SILVIO Ho inteso da mio padre un certo non so che; crediamo poi che sia la verità?

PANTALONE Co ghe l'ha dito so sior padre, sarà vero.

SILVIO Sono dunque stabiliti gli sponsali della signora Clarice col signor Federigo?

PANTALONE Sior sì, stabiliti e conclusi.

SILVIO Mi maraviglio che me lo diciate con tanta temerità. Uomo senza parola, senza riputazione.

PANTALONE Come parlela, padron? Co un omo vecchio della mia sorte la tratta cussì?

SILVIO Non so chi mi tenga, che non vi passi da parte a parte.

PANTALONE No son miga una rana, padron. In casa mia se vien a far ste bulae?

SILVIO Venite fuori di questa casa.

PANTALONE Me maraveggio de ella, sior.

SILVIO Fuori, se siete un uomo d'onore.

PANTALONE Ai omeni della mia sorte se ghe porta respetto.

SILVIO Siete un vile, un codardo, un plebeo.

PANTALONE Sè un tocco de temerario.

SILVIO Eh, giuro al Cielo... (*mette mano alla spada*).

PANTALONE Agiuto (*mette mano al pistolese*).


## SCENA QUARTA


*Beatrice colla spada alla mano, e detti.*


BEATRICE Eccomi; sono io in vostra difesa (*a Pantalone, e rivolta la spada contro Silvio*).

PANTALONE Sior zenero, me raccomando (*a Beatrice*).

SILVIO Con te per l'appunto desideravo di battermi (*a Beatrice*).

BEATRICE (Son nell'impegno).

SILVIO Rivolgi a me quella spada (*a Beatrice*).

PANTALONE Ah, sior zenero... (*timoroso*).

BEATRICE Non è la prima volta che io mi sia cimentato. Son qui, non ho timore di voi (*presenta la spada a Silvio*).

PANTALONE Aiuto. No gh'è nissun? (*Parte correndo verso la strada*). Beatrice e Silvio si battono. Silvio cade e lascia la spada in terra, e Beatrice gli presenta la punta al petto.

## SCENA QUINTA

*Clarice e detti.*

CLARICE Oimè! Fermate (*a Beatrice*).

BEATRICE Bella Clarice, in grazia vostra dono a Silvio la vita; e voi, in ricompensa della mia pietà, ricordatevi del giuramento (*parte*).

## SCENA SESTA

*Silvio e Clarice.*

CLARICE Siete salvo o mio caro?

SILVIO Ah, perfida ingannatrice! Caro a Silvio? Caro ad un amante schernito, ad uno sposo tradito?

CLARICE No, Silvio, non merito i vostri rimproveri. V'amo, v'adoro, vi son fedele.

SILVIO Ah menzognera! Mi sei fedele, eh? Fedeltà chiami prometter fede ad un altro amante?

CLARICE Ciò non feci, ne farò mai. Morirò, prima d'abbandonarvi.

SILVIO Sento che vi ha impegnato con un giuramento.

CLARICE Il giuramento non mi obbliga ad isposarlo.

SILVIO Che cosa dunque giuraste?

CLARICE Caro Silvio, compatitemi, non posso dirlo.

SILVIO Per qual ragione?

CLARICE Perché giurai di tacere.

SILVIO Segno dunque che siete colpevole.

CLARICE No, sono innocente.

SILVIO Gl'innocenti non tacciono.

CLARICE Eppure questa volta rea mi farei parlando.

SILVIO Questo silenzio a chi l'avete giurato?

CLARICE A Federigo.

SILVIO E con tanto zelo l'osserverete?

CLARICE L'osserverò per non divenire spergiura.

SILVIO E dite di non amarlo? Semplice chi vi crede. Non vi credo io già, barbara, ingannatrice! Toglietevi dagli occhi miei.

CLARICE Se non vi amassi, non sarei corsa qui a precipizio per difendere la vostra vita.

SILVIO Odio anche la vita, se ho da riconoscerla da un'ingrata.

CLARICE Vi amo con tutto il cuore.

SILVIO Vi aborrisco con tutta l'anima.

CLARICE Morirò, se non vi placate.

SILVIO Vedrei il vostro sangue più volentieri della infedeltà vostra.

CLARICE Saprò soddisfarvi (*toglie la spada di terra*).

SILVIO Sì, quella spada potrebbe vendicare i miei torti.

CLARICE Così barbaro colla vostra Clarice?

SILVIO Voi mi avete insegnata la crudeltà.

CLARICE Dunque bramate la morte mia?

SILVIO Io non so dire che cosa brami.

CLARICE Vi saprò compiacere (*volta la punta al proprio seno*).


## SCENA SETTIMA


*Smeraldina e detti.*


SMERALDINA Fermatevi; che diamine fate? (*leva la spada a Clarice*). E voi, cane rinnegato, l'avreste lasciata morire? (*a Silvio*). Che cuore avete di tigre, di leone, di diavolo? Guardate lì il bel suggettino, per cui le donne s'abbiano a sbudellare! Oh siete pur buona, signora padrona. Non vi vuole più forse? Chi non vi vuol, non vi merita. Vada all'inferno questo sicario, e voi venite meco,

40

che degli uomini non ne mancano; m'impegno avanti sera trovarvene una dozzina (*getta la spada in terra, e Silvio la prende*).

CLARICE (*piangendo*) Ingrato! Possibile che la mia morte non vi costasse un sospiro? Sì, mi ucciderà il dolore; morirò, sarete contento. Però vi sarà nota un giorno la mia innocenza, e tardi allora, pentito di non avermi creduto, piangerete la mia sventura e la vostra barbara crudeltà (*parte*).

## SCENA OTTAVA

*Silvio e Smeraldina.*

SMERALDINA Questa è una cosa che non so capire. Veder una ragazza che si vuol ammazzare, e star lì a guardarla, come se vedeste rappresentare una scena di commedia.

SILVIO Pazza che sei! Credi tu ch'ella si volesse ucider davvero?

SMERALDINA Non so altro io so che, se non arrivavo a tempo, la poverina sarebbe ita.

SILVIO Vi voleva ancor tanto prima che la spada giungesse al petto.

SMERALDINA Sentite che bugiardo! Se stava lì lì per entrare.

SILVIO Tutte finzioni di voi altre donne.

SMERALDINA Sì, se fossimo come voi. Dirò, come dice il proverbio: noi abbiamo le voci, e voi altri avete le noci. Le donne hanno la fama di essere infedeli, e gli uomini commettono le infedeltà a più non posso. Delle donne si parla, e degli uomini non si dice nulla. Noi siamo criticate, e a voi altri si passa tutto. Sapete perché? Perché le leggi le hanno fatte gli uomini; che se le avessero fatte le donne, si sentirebbe tutto il contrario. S'io comandassi, vorrei che tutti gli uomini infedeli portassero un ramo d'albero in mano, e so che tutte le città diventerebbero boschi (*parte*).

## SCENA NONA

*Silvio solo.*

SILVIO Sì, che Clarice è infedele, e col pretesto di un giuramento affetta di voler celare la verità. Ella è una perfida, e l'atto di volersi ferire fu un'invenzione per ingannarmi, per muovermi a compassione di lei. Ma se il destino mi fece cadere a fronte del mio rivale, non lascierò mai il pensiero di vendicarmi. Morirà quell'indegno, e Clarice ingrata vedrà nel di lui sangue il frutto de'suoi amori (*parte*)

## SCENA DECIMA

*Sala della locanda con due porte in prospetto e due laterali*

*Truffaldino, poi Florindo.*

TRUFFALDINO Mo gran desgrazia che l'è la mia! De do padroni nissun è vegnudo ancora a disnar. L'è do ore che è sonà mezzozorno, e nissun se vede. I vegnirà po tutti do in una volta, e mi sarò imbroiado; tutti do no li poderò servir, e se scovrirà la fazenda. Zitto, zitto, che ghe n'è qua un. Manco mal.

FLORINDO Ebbene, hai ritrovato codesto Pasquale?

TRUFFALDINO No avemio dito, signor, che el cercherò dopo che averemo disnà?

FLORINDO Io sono impaziente.

TRUFFALDINO El doveva vegnir a disnar un poco più presto.

FLORINDO (Non vi è modo ch'io possa assicurarmi se qui si trovi Beatrice).

TRUFFALDINO El me dis, andemo a ordinar el pranzo, e po el va fora de casa. La roba sarà andada de mal.

FLORINDO Per ora non ho volontà di mangiare. (Vo' tornare alla Posta. Ci voglio andare da me; qualche cosa forse rileverò).

TRUFFALDINO La sappia, signor, che in sto paese bisogna magnar, e chi no magna, s'ammala.

FLORINDO Devo uscire per un affar di premura. Se torno a pranzo, bene; quando no, mangerò questa sera. Tu, se vuoi, fatti dar da mangiare.

TRUFFALDINO Oh, non occorr'altro. Co l'è cusì, che el se comoda, che l'è padron.

FLORINDO Questi danari mi pesano; tieni, mettili nel mio baule. Eccoti la chiave (*dà a Truffaldino la borsa dei cento ducati e la chiave*).

TRUFFALDINO La servo, e ghe porto la chiave.

FLORINDO No, no, me la darai. Non mi vo'trattenere. Se non torno a pranzo, vieni alla piazza; attenderò con impazienza che tu abbia ritrovato Pasquale (*parte*).

## SCENA UNDICESIMA

*Truffaldino, poi Beatrice con un foglio in mano.*

TRUFFALDINO Manco mal che l'ha dito che me fazza dar da magnar; così andaremo d'accordo. Se nol vol magnar lu, che el lassa star. La mia complession no l'è fatta per dezunar. Voi metter via sta borsa, e po subito...

BEATRICE Ehi, Truffaldino!

TRUFFALDINO (Oh diavolo!).

BEATRICE Il signor Pantalone de'Bisognosi ti ha dato una borsa con cento ducati?

TRUFFALDINO Sior sì, el me l'ha dada.

BEATRICE E perché dunque non me la dai?

TRUFFALDINO Mo vienla a vussioria?

BEATRICE Se viene a me? Che cosa ti ha detto, quando ti ha dato la borsa?

TRUFFALDINO El m'ha dit che la daga al me padron.

BEATRICE Bene, il tuo padrone chi è?

TRUFFALDINO Vussioria.

BEATRICE E perché domandi dunque, se la borsa è mia?

TRUFFALDINO Donca la sarà soa.

BEATRICE Dov'è la borsa?

TRUFFALDINO Eccola qua (*gli dà la borsa*).

BEATRICE Sono giusti?

TRUFFALDINO Mi no li ho toccadi, signor.

BEATRICE (Li conterò poi).

TRUFFALDINO (Aveva fallà mi colla borsa; ma ho rimedià. Cossa dirà quell'altro? Se no i giera soi, nol dirà niente).

BEATRICE Vi è il padrone della locanda?

TRUFFALDINO El gh'è è, signor si.

BEATRICE Digli che avrò un amico a pranzo con me, che presto presto procuri di accrescer la tavola più che può.

TRUFFALDINO Come vorla restar servida? Quanti piatti comandela?

BEATRICE Il signor Pantalone de'Bisognosi non è uomo di gran soggezione. Digli che faccia cinque o sei piatti; qualche cosa di buono.

TRUFFALDINO Se remettela in mi?

BEATRICE Sì, ordina tu, fatti onore. Vado a prender l'amico, che è qui poco lontano; e quando torno, fa che sia preparato (*in atto di partire*).

TRUFFALDINO La vederà, come la sarà servida.

BEATRICE Tieni questo foglio, mettilo nel baule. Bada bene veh, che è una lettera di cambio di quattromila scudi.

TRUFFALDINO No la se dubita, la metterò via subito.

BEATRICE Fa' che sia tutto pronto. (Povero signor Pantalone, ha avuto la gran paura. Ha bisogno di essere divertito) (*parte*).


## SCENA DODICESIMA


*Truffaldino, poi Brighella.*


TRUFFALDINO Qua bisogna veder de farse onor. La prima volta che sto me padron me ordina un disnar, voi farghe veder se son de bon gusto. Metterò via sta carta, e po... La metterò via dopo, no vòi perder tempo. Oe de là; gh'è nissun? Chiameme missier Brighella, diseghe che ghe vòi parlar (*verso la scena*). No consiste tanto un bel disnar in te le pietanze, ma in tel bon ordine; val più una bella disposizion, che no val una montagna de piatti.

BRIGHELLA Cossa gh'è, sior Truffaldin? Cossa comandeu da mi?

TRUFFALDINO El me padron el gh'ha un amigo a disnar con lu; el vol che radoppiè la tavola, ma presto, subito. Aveu el bisogno in cusina?

BRIGHELLA Da mi gh'è sempre de tutto. In mezz'ora posso metter all'ordine qualsesia disnar.

TRUFFALDINO Ben donca. Disìme cossa che ghe darè.

BRIGHELLA Per do persone, faremo do portade de quattro piatti l'una; anderà ben?

TRUFFALDINO (L'ha dito cinque o sie piatti; sie o otto, no gh'è mal). Anderà ben. Cossa ghe sarà in sti piatti?

BRIGHELLA Nella prima portada ghe daremo la zuppa, la frittura, el lesso e un fracandò.

TRUFFALDINO Tre piatti li cognosso; el quarto no so cossa che el sia.

BRIGHELLA Un piatto alla franzese, un intingolo, una bona vivanda.

TRUFFALDINO Benissimo, la prima portada va ben; alla segonda.

BRIGHELLA La segonda ghe daremo l'arrosto, l'insalata, un pezzo de carne pastizzada e un bodin.

TRUFFALDINO Anca qua gh'è un piatto che no cognosso; coss'è sto budellin?

BRIGHELLA Ho dito un bodin, un piatto all'inglese, una cossa bona.

TRUFFALDINO Ben, son contento; ma come disponeremio le vivande in tavola?

BRIGHELLA L'è una cossa facile. El camerier farà lu.

TRUFFALDINO No, amigo, me preme la scalcaria; tutto consiste in saver metter in tola ben.

BRIGHELLA Se metterà, per esempio, qua la soppa, qua el fritto, qua l'alesso e qua el fracandò (*accenna una qualche distribuzione*).

TRUFFALDINO No, no me piase; e in mezzo no ghe mettè gnente?

BRIGHELLA Bisognerave che fessimo cinque piatti.

TRUFFALDINO Ben, far cinque piatti.

BRIGHELLA In mezzo ghe metteremo una salsa per el lesso.

TRUFFALDINO No, no savè gnente, caro amigo; la salsa no va ben in mezzo; in mezzo ghe va la minestra.

BRIGHELLA E da una banda metteremo el lesso, e da st'altra la salsa...

TRUFFALDINO Oibò, no faremo gnente. Voi altri locandieri savì cusinar, ma no savì metter in tola. Ve insegnerò mi. Fè conto che questa sia la tavola (*s'inginocchia con un ginocchio, e accenna il pavimento*). Osservè come se distribuisse sti cinque piatti; per esempio: qua in mezzo la minestra (*straccia un pezzo della lettera di cambio, e figura di mettere per esempio un piatto nel mezzo*). Qua da sta parte el lesso (*fa lo stesso, stracciando un altro pezzo di lettera, e mettendo il pezzo da un canto*). Da st'altra parte el fritto (*fa lo stesso con un altro pezzo di lettera, ponendolo all'incontro dell'altro*). Qua la salsa, e qua el piatto che no cognosso (*con altri due pezzi della lettera compisce la figura di cinque piatti*). Cossa ve par? Cusì anderala ben? (*a Brighella*).

BRIGHELLA Va ben; ma la salsa l'è troppo lontana dal lesso.

TRUFFALDINO Adesso vederemo come se pol far a tirarla più da visin.

## SCENA TREDICESIMA

*Beatrice, Pantalone e detti.*

BEATRICE Che cosa fai ginocchioni? (*a Truffaldino*).

TRUFFALDINO Stava qua disegnando la scalcaria (*s'alza*).

BEATRICE Che foglio è quello?

TRUFFALDINO (Oh diavolo! la lettera che el m'ha da!).

BEATRICE Quella è la mia cambiale.

TRUFFALDINO La compatissa. La torneremo a unir...

BEATRICE Briccone! Così tieni conto delle cose mie? Di cose di tanta importanza? Tu meriteresti che io ti bastonassi. Che dite, signor Pantalone? Si può vedere una sciocchezza maggior di questa?

PANTALONE In verità che la xè da rider. Sarave mal se no ghe fusse caso de remediarghe; ma co mi ghe ne fazzo un'altra, la xè giustada.

BEATRICE Tant'era se la cambiale veniva di lontan paese. Ignorantaccio!

TRUFFALDINO Tutto el mal l'è vegnù, perché Brighella no sa metter i piatti in tola.

BRIGHELLA El trova difficoltà in tutto.

TRUFFALDINO Mi son un omo che sa...

BEATRICE Va via di qua (*a Truffaldino*).

TRUFFALDINO Val più el bon ordine...

BEATRICE Va via, ti dico.

TRUFFALDINO In materia de scalcheria no ghe la cedo al primo marescalco del mondo (*parte*).

BRIGHELLA No lo capisso quell'omo: qualche volta l'è furbo, e qualche volta l'è alocco.

BEATRICE Lo fa lo sciocco, il briccone. Ebbene, ci darete voi da pranzo? (*a Brighella*).

BRIGHELLA Se la vol cinque piatti per portada, ghe vol un poco de tempo.

PANTALONE Coss'è ste portade? Coss è sti cinque piatti? Alla bona, alla bona. Quattro risi, un per de piatti, e schiavo. Mi no son omo da suggizion.

BEATRICE Sentite? Regolatevi voi (*a Brighella*).

BRIGHELLA Benissimo; ma averia gusto, se qualcossa ghe piasesse, che la me lo disesse.

PANTALONE Se ghe fusse delle polpette per mi, che stago mal de denti, le magneria volentiera.

BEATRICE Sentite? Delle polpette (*a Brighella*).

BRIGHELLA La sarà servida. La se comoda in quella camera, che adessadesso ghe mando in tola.

BEATRICE Dite a Truffaldino che venga a servire.

BRIGHELLA Ghe lo dirò, signor (*parte*).


## SCENA QUATTORDICESIMA


*Beatrice, Pantalone, poi Camerieri, poi Truffaldino.*


BEATRICE Il signor Pantalone si contenterà di quel poco che daranno.

PANTALONE Me maraveggio, cara ella, xè anca troppo l'incomodo che la se tol; quel che averave da far mi con elo, el fa elo con mi; ma la vede ben, gh'ho quella putta in casa; fin che no xè fatto tutto, no xè lecito che la staga insieme. Ho accettà le so grazie per devertirme un pochetto; tremo ancora dalla paura. Se no gieri vu, fio mio, quel cagadonao me sbasiva.

BEATRICE Ho piacere d'esser arrivato in tempo. (*I Camerieri portano nella camera indicata da Brighella tutto l'occorrente per preparare la tavola, con bicchieri, vino, pane ecc.*)

PANTALONE In sta locanda i xè molto lesti.

BEATRICE Brighella è un uomo di garbo. In Torino serviva un gran cavaliere, e porta ancora la sua livrea.

PANTALONE Ghe xè anca una certa locanda sora Canal Grando, in fazza alle Fabbriche de Rialto, dove che se magna molto ben; son stà diverse volte con certi galantomeni, de quei della bona stampa, e son stà così ben, che co me l'arrecordo, ancora me consolo. Tra le altre cosse me recordo d'un certo vin de Borgogna che el dava el becco alle stelle.

BEATRICE Non vi è maggior piacere al mondo, oltre quello di essere in buona compagnia.

PANTALONE Oh se la savesse che compagnia che xè quella! Se la savesse che cuori tanto fatti! Che sincerità! Che schiettezza! Che belle conversazion, che s'ha fatto anca alla Zuecca! Siei benedetti. Sette o otto galantomeni, che no ghe xè i so compagni a sto mondo.

(*I Camerieri escono dalla stanza e tornano verso la cucina.*)

BEATRICE Avete dunque goduto molto con questi?

PANTALONE L'è che spero de goder ancora.

TRUFFALDINO (*col piatto in mano della minestra o della zuppa*) La resta servida in camera, che porto in tola (*a Beatrice*).

BEATRICE Va innanzi tu; metti giù la zuppa.

TRUFFALDINO Eh, la resti servida (*fa le cerimonie*).

PANTALONE El xè curioso sto so servitor. Andemo (*entra in camera*).

BEATRICE Io vorrei meno spirito, e più attenzione (*a Truffaldino, ed entra*).

TRUFFALDINO Guardè che bei trattamenti! Un piatto alla volta! I spende i so quattrini, e no i gh'ha niente de bon gusto. Chi sa gnanca se sta minestra la sarà bona da niente; voi sentir (*assaggia la minestra, prendendone con un cucchiaio che ha in tasca*). Mi gh'ho sempre le mie arme in scarsella. Eh! no gh'è mal; la poderave esser pezo (*entra in camera*).


### SCENA QUINDICESIMA


*Un Cameriere con un piatto, poi Truffaldino, poi Florindo, poi Beatrice ed altri Camerieri.*


CAMERIERE Quanto sta costui a venir a prender le vivande?

TRUFFALDINO (*dalla camera*) Son qua, camerada; cossa me deu?

CAMERIERE Ecco il bollito. Vado a prender un altro piatto (*parte*).

TRUFFALDINO Che el sia castrà, o che el sia vedèllo? El me par castrà. Sentimolo un pochetin (*ne assaggia un poco*). No l'è né castrà, né vedèllo: l'è pegora bella e bona (*s'incammina verso la camera di Beatrice*).

FLORINDO Dove si va? (*l'incontra*).

TRUFFALDINO (Oh poveretto mi!).

FLORINDO Dove vai con quel piatto?

TRUFFALDINO Metteva in tavola, signor.

FLORINDO A chi?

TRUFFALDINO A vussioria.

FLORINDO Perché metti in tavola prima ch'io venga a casa?

TRUFFALDINO V'ho visto a vegnir dalla finestra. (Bisogna trovarla).

FLORINDO E dal bollito principi a metter in tavola, e non dalla zuppa?

TRUFFALDINO Ghe dirò, signor, a Venezia la zuppa la se magna in ultima.

FLORINDO Io costumo diversamente. Voglio la zuppa. Riporta in cucina quel piatto.

TRUFFALDINO Signor sì la sarà servida.

FLORINDO E spicciati, che voglio poi riposare.

TRUFFALDINO Subito (*mostra di ritornare in cucina*).

FLORINDO (Beatrice non la ritroverò mai?) (*entra nell'altra camera in prospetto*).

Truffaldino, entrato Florindo in camera, corre col piatto e lo porta a Beatrice.

CAMERIERE (*torna con una vivanda*) E sempre bisogna aspettarlo. Truffaldino (*chiama*).

TRUFFALDINO (*esce di camera di Beatrice*) Son qua. Presto, andè a parecchiar in quell'altra camera, che l'è arrivato quell'altro forestier, e portè la minestra subito.

CAMERIERE Subito (*parte*).

TRUFFALDINO Sta piatanza coss'èla mo? Bisogna che el sia el fracastor (*assaggia*). Bona, bona, da galantomo (*la porta in camera di Beatrice. Camerieri passano e portano l'occorrente per preparare la tavola in camera di Florindo*). Bravi. Pulito. I è lesti come gatti (*verso i Camerieri*). Oh se me riuscisse de servir a tavola do padroni; mo la saria la gran bella cossa. (*Camerieri escono dalla camera di Florindo e vanno verso la cucina*). Presto, fioi, la menestra.

CAMERIERE Pensate alla vostra tavola, e noi penseremo a questa (*parte*).

TRUFFALDINO Voria pensar a tutte do, se podesse. (*Cameriere torna colla minestra per Florindo*). Dè qua a mi, che ghe la porterò mi; andè a parecchiar la roba per quell'altra camera. (*Leva la minestra di mano al Cameriere e la porta in camera di Florindo*).

CAMERIERE Ê curioso costui. Vuol servire di qua e di là. Io lascio fare: già la mia mancia bisognerà che me la diano. Truffaldino esce di camera di Florindo.

BEATRICE Truffaldino (*dalla camera lo chiama*).

CAMERIERE Eh! servite il vostro padrone (*a Truffaldino*).

TRUFFALDINO Son qua (*entra in camera di Beatrice; i Camerieri portano il bollito per Florindo*).

CAMERIERE Date qui (*lo prende*). Camerieri partono.

Truffaldino esce di camera di Beatrice con i tondi sporchi.

FLORINDO Truffaldino (*dalla camera lo chiama forte*).

TRUFFALDINO De qua (*vuol prendere il piatto del bollito dal Cameriere*).

CAMERIERE Questo lo porto io.

TRUFFALDINO No sentì che el me chiama mi? (*gli leva il bollito di mano e lo porta a Florindo*).

CAMERIERE È bellissima. Vuol far tutto. (*I Camerieri portano un piatto di polpette, lo danno al Cameriere e partono*).

CAMERIERE Lo porterei io in camera, ma non voglio aver che dire con costui. (*Truffaldino esce di camera di Florindo con i tondi sporchi*). Tenete, signor faccendiere; portate queste polpette al vostro padrone.

TRUFFALDINO Polpette? (*prendendo il piatto in mano*).

CAMERIERE Sì, le polpette ch'egli ha ordinato (*parte*).

TRUFFALDINO Oh bella! A chi le òi da portar? Chi diavol de sti padroni le averà ordinade? Se ghel vago a domandar in cusina, no voria metterli in malizia; se fallo e che no le porta a chi le ha ordenade, quell'altro le domanderà e se scoverzirà l'imbroio. Farò cussì... Eh, gran mi! Farò cusì; le spartirò in do tondi, le porterò metà per un, e così chi le averà ordinade, le vederà (*prende un altro tondo di quelli che sono in sala, e divide le polpette per metà*). Quattro e quattro. Ma ghe n'è una de più. A chi ghe l'òia da dar? No voi che nissun se n'abbia per mal; me la magnerò mi (*mangia la polpetta*). Adesso va ben. Portemo le polpette a questo (*mette in terra l'altro tondo, e ne porta uno da Beatrice*).

CAMERIERE (*con un bodino all'inglese*) Truffaldino (*chiama*)

TRUFFALDINO Son qua (*esce dalla camera di Beatrice*).

CAMERIERE Portate questo bodino...

TRUFFALDINO Aspettè che vegno (*prende l'altro tondino di polpette, e lo porta a Florindo*).

CAMERIERE Sbagliate; le polpette vanno di la.

TRUFFALDINO Sior si, lo so, le ho portade de là; e el me padron manda ste quattro a regalar a sto forestier (*entra*).

CAMERIERE Si conoscono dunque, sono amici. Potevano desinar insieme.

TRUFFALDINO (*torna in camera di Florindo*) E cusì, coss'elo sto negozio? (*al Cameriere*).

CAMERIERE Questo è un bodino all'inglese.

TRUFFALDINO A chi valo?

CAMERIERE Al vostro padrone (*parte*).

TRUFFALDINO Che diavolo è sto bodin? L'odor l'è prezioso, el par polenta. Oh, se el fuss polenta, la saria pur una bona cossa! Voi sentir (*tira fuori di tasca una forchetta*). No l'è polenta, ma el ghe someia (*mangia*). L'è meio della polenta (*mangia*).

BEATRICE Truffaldino (*dalla camera lo chiama*).

TRUFFALDINO Vegno (*risponde colla bocca piena*).

FLORINDO Truffaldino (*lo chiama dalla sua camera*).

TRUFFALDINO Son qua (*risponde colla bocca piena, come sopra*). Oh che roba preziosa! Un altro bocconcin, e vegno (*segue a mangiare*).

BEATRICE (*esce dalla sua camera e vede Truffaldino che mangia; gli dà un calcio e gli dice*) Vieni a servire (*torna nella sua camera*). Truffaldino mette il bodino in terra, ed entra in camera di Beatrice.

FLORINDO (*esce dalla sua camera*) Truffaldino (*chiama*). Dove diavolo è costui?

TRUFFALDINO (*esce dalla camera di Beatrice*) L'è qua (*vedendo Florindo*).

FLORINDO Dove sei? Dove ti perdi?

TRUFFALDINO Era andà a tor dei piatti, signor.

FLORINDO Vi è altro da mangiare?

TRUFFALDINO Anderò a veder.

FLORINDO Spicciati, ti dico, che ho bisogno di riposare (*torna nella sua camera*).

TRUFFALDINO Subito. Camerieri, gh'è altro? (*chiama*). Sto bodin me lo metto via per mi (*lo nasconde*).

CAMERIERE Eccovi l'arrosto (*porta un piatto con l'arrosto*).

TRUFFALDINO Presto i frutti (*prende l'arrosto*).

CAMERIERE Gran furie! Subito (*parte*).

TRUFFALDINO L'arrosto lo porterò a questo (*entra da Florindo*).

CAMERIERE Ecco le frutta, dove siete? (*con un piatto di frutta*).

TRUFFALDINO Son qua (*di camera di Florindo*).

CAMERIERE Tenete (*gli dà le frutta*). Volete altro?

TRUFFALDINO Aspettè (*porta le frutta a Beatrice*).

CAMERIERE Salta di qua, salta di là; è un diavolo costui.

TRUFFALDINO Non occorr'altro. Nissun vol altro.

CAMERIERE Ho piacere.

TRUFFALDINO Parecchiè per mi.

CAMERIERE Subito (*parte*).

TRUFFALDINO Togo su el me bodin; evviva, l'ho superada, tutti i è contenti, no i vol alter, i è stadi servidi. Ho servido a tavola do padroni, e un non ha savudo dell'altro. Ma se ho servido per do, adess voio andar a magnar per quattro (*parte*).

## SCENA SEDICESIMA

*Strada con veduta della locanda*

*Smeraldina, poi il Cameriere della locanda.*

SMERALDINA Oh, guardate che discretezza della mia padrona! Mandarmi con un viglietto ad una locanda, una giovane come me! Servire una donna innamorata è una cosa molto cattiva. Fa mille stravaganze questa mia padrona; e quel che non so capire si è, che è innamorata del signor Silvio a segno di sbudellarsi per amor suo, e pur manda i viglietti ad un altro. Quando non fosse che ne volesse uno per la state e l'altro per l'inverno. Basta... Io nella locanda non entro certo. Chiamerò; qualcheduno uscirà. O di casa! o della locanda!

CAMERIERE Che cosa volete, quella giovine?

SMERALDINA (Mi vergogno davvero, davvero). Ditemi.. Un certo signor Federigo Rasponi è alloggiato in questa locanda?

CAMERIERE Sì, certo. Ha finito di pranzare che è poco.

SMERALDINA Avrei da dargli una cosa.

CAMERIERE Qualche ambasciata? Potete passare.

SMERALDINA Ehi, chi vi credete ch'io sia? Sono la cameriera della sua sposa.

CAMERIERE Bene, passate.

SMERALDINA Oh, non ci vengo io là dentro.

CAMERIERE Volete ch'io lo faccia venire sulla strada? Non mi pare cosa ben fatta; tanto più ch'egli è in compagnia col signor Pantalone de'Bisognosi.

SMERALDINA Il mio padrone? Peggio! Oh, non ci vengo.

CAMERIERE Manderò il suo servitore, se volete.

SMERALDINA Quel moretto?

CAMERIERE Per l'appunto.

SMERALDINA Sì, mandatelo.

CAMERIERE (Ho inteso. Il moretto le piace. Si vergogna a venir dentro. Non si vergognerà a farsi scorgere in mezzo alla strada) (*entra*).


## SCENA DICIASSETTESIMA


*Smeraldina, poi Truffaldino.*


SMERALDINA Se il padrone mi vede, che cosa gli dirò? Dirò che venivo in traccia di lui; eccola bella e accomodata. Oh, non mi mancano ripieghi.

TRUFFALDINO (*con un fiasco in mano, ed un bicchiere, ed un tovagliolino*) Chi è che me domanda?

SMERALDINA Sono io, signore. Mi dispiace avervi incomodato.

TRUFFALDINO Niente; son qua a ricever i so comandi.

SMERALDINA M'immagino che foste a tavola, per quel ch'io vedo.

TRUFFALDINO Era a tavola, ma ghe tornerò.

SMERALDINA Davvero me ne dispiace.

TRUFFALDINO E mi gh'ho gusto. Per dirvela, ho la panza piena, e quei bei occhietti i è giusto a proposito per farme digerir.

SMERALDINA (Egli è pure grazioso!).

TRUFFALDINO Metto zo el fiaschetto e son qua da vu, cara.

SMERALDINA (Mi ha detto cara). La mia padrona manda questo viglietto al signor Federigo Rasponi; io nella locanda non voglio entrare, onde ho pensato di dar a voi quest'incomodo, che siete il suo servitore.

TRUFFALDINO Volentiera, ghe lo porterò; ma prima sappiè che anca mi v'ho da far un'imbassada.

SMERALDINA Per parte di chi?

TRUFFALDINO Per parte de un galantomo. Disime, conossive vu un certo Truffaldin Battocchio?

SMERALDINA Mi pare averlo sentito nominare una volta, ma non me ne ricordo. (Avrebbe a esser lui questo).

TRUFFALDINO L'è un bell'omo: bassotto, traccagnotto, spiritoso, che parla ben. Maestro de cerimonie...

SMERALDINA Io non lo conosco assolutamente.

TRUFFALDINO E pur lu el ve cognosse, e l'è innamorado de vu.

SMERALDINA Oh! mi burlate.

TRUFFALDINO E se el podesse sperar un tantin de corrispondenza, el se daria da cognosser.

SMERALDINA Dirò, signore; se lo vedessi e mi desse nel genio, sarebbe facile ch'io gli corrispondessi.

TRUFFALDINO Vorla che ghe lo fazza veder?

SMERALDINA Lo vedrò volentieri.

TRUFFALDINO Adesso subito (*entra nella locanda*).

SMERALDINA Non è lui dunque. (*Truffaldino esce dalla locanda, fa delle riverenze a Smeraldina, le passa vicino; poi sospira ed entra nella locanda*). Quest'istoria non la capisco.

TRUFFALDINO L'ala visto? (*tornando a uscir fuori*).

SMERALDINA Chi?

TRUFFALDINO Quello che è innamorato delle so bellezze.

SMERALDINA Io non ho veduto altri che voi.

TRUFFALDINO Mah! (*sospirando*).

SMERALDINA Siete voi forse quello che dice di volermi bene?

TRUFFALDINO Son mi (*sospirando*).

SMERALDINA Perché non me l'avete detto alla prima?

TRUFFALDINO Perché son un poco vergognosetto.

SMERALDINA (Farebbe innamorare i sassi).

TRUFFALDINO E cusì, cossa me disela?

SMERALDINA Dico che...

TRUFFALDINO Via, la diga.

SMERALDINA Oh, anch'io sono vergognosetta.

TRUFFALDINO Se se unissimo insieme, faressimo el matrimonio de do persone vergognose.

SMERALDINA In verità, voi mi date nel genio.

TRUFFALDINO Èla putta ella?

SMERALDINA Oh, non si domanda nemmeno.

TRUFFALDINO Che vol dir, no certo.

SMERALDINA Anzi vuol dir, sì certissimo.

TRUFFALDINO Anca mi son putto.

SMERALDINA Io mi sarei maritata cinquanta volte, ma non ho mai trovato una persona che mi dia nel genio.

TRUFFALDINO Mi possio sperar de urtarghe in tela simpatia?

SMERALDINA In verità, bisogna che io lo dica, voi avete un non so che... Basta, non dico altro.

TRUFFALDINO Uno che la volesse per muier, come averielo da far?

SMERALDINA Io non ho né padre, né madre. Bisognerebbe dirlo al mio padrone, o alla mia padrona.

TRUFFALDINO Benissimo, se ghel dirò, cossa dirali?

SMERALDINA Diranno, che se sono contenta io...

TRUFFALDINO E ella cossa dirala?

SMERALDINA Dirò... che se sono contenti loro...

TRUFFALDINO Non occorr'altro. Saremo tutti contenti. Deme la lettera, e co ve porterò la risposta, discorreremo.

SMERALDINA Ecco la lettera.

TRUFFALDINO Saviu mo cossa che la diga sta lettera?

SMERALDINA Non lo so, e se sapeste che curiosità che avrei di saperlo!

TRUFFALDINO No voria che la fuss una qualche lettera de sdegno, e che m'avess da far romper el muso.

SMERALDINA Chi sa? D'amore non dovrebbe essere.

TRUFFALDINO Mi no vòi impegni. Se no so cossa che la diga, mi no ghe la porto.

SMERALDINA Si potrebbe aprirla... ma poi a serrarla ti voglio.

TRUFFALDINO Eh, lassè far a mi; per serrar le lettere son fatto a posta; no se cognosserà gnente affatto.

SMERALDINA Apriamola dunque.

TRUFFALDINO Saviu lezer vu?

SMERALDINA Un poco. Ma voi saprete legger bene.

TRUFFALDINO Anca mi un pochettin.

SMERALDINA Sentiamo dunque.

TRUFFALDINO Averzimola con pulizia (*ne straccia una parte*).

SMERALDINA Oh! che avete fatto?

TRUFFALDINO Niente. Ho el segreto d'accomodarla. Eccola qua, l'è averta.

SMERALDINA Via, leggetela.

TRUFFALDINO Lezìla vu. El carattere della vostra padrona l'intenderè meio de mi.

SMERALDINA Per dirla, io non capisco niente (*osservando la lettera*).

TRUFFALDINO E mi gnanca una parola (*fa lo stesso*).

SMERALDINA Che serviva dunque aprirla?

TRUFFALDINO Aspettè; inzegnemose; qualcossa capisso (*tiene egli la lettera*).

SMERALDINA Anch'io intendo qualche lettera.

TRUFFALDINO Provemose un po'per un. Questo non elo un emme?

SMERALDINA Oibò; questo è un *erre*.

TRUFFALDINO Dall'*erre* all'*emme* gh'è poca differenza.

SMERALDINA *Ri, ri, a, ria*. No, no, state cheto, che credo sia un *emme, mi, mi, a, mia*.

TRUFFALDINO No dirà *mia*, dirà *mio*.

SMERALDINA No, che vi è la codetta.

TRUFFALDINO Giusto per questo: *mio*.


### SCENA DICIOTTESIMA


*Beatrice e Pantalone dalla locanda, e detti.*


PANTALONE Cossa feu qua? (*a Smeraldina*).

SMERALDINA Niente, signore, venivo in traccia di voi (*intimorita*).

PANTALONE Cossa voleu da mi? (*a Smeraldina*).

SMERALDINA La padrona vi cerca (*come sopra*).

BEATRICE Che foglio è quello? (*a Truffaldino*).

TRUFFALDINO Niente, l'è una carta... (*intimorito*).

BEATRICE Lascia vedere (*a Truffaldino*).

TRUFFALDINO Signor sì (*gli dà il foglio tremando*).

BEATRICE Come! Questo è un viglietto che viene a me. Indegno! Sempre si aprono le mie lettere?

TRUFFALDINO Mi no so niente, signor...

BEATRICE Osservate, signor Pantalone, un viglietto della signora Clarice, in cui mi avvisa delle pazze gelosie di Silvio; e questo briccone me l'apre.

PANTALONE E ti, ti ghe tien terzo? (*a Smeraldina*).

SMERALDINA Io non so niente, signore.

BEATRICE Chi l'ha aperto questo viglietto?

TRUFFALDINO Mi no.

SMERALDINA Nemmen io.

PANTALONE Mo chi l'ha portà?

SMERALDINA Truffaldino lo portava al suo padrone.

TRUFFALDINO E Smeraldina l'ha portà a Truffaldin.

SMERALDINA (Chiacchierone, non ti voglio più bene).

PANTALONE Ti, pettegola desgraziada, ti ha fatto sta bell'azion? Non so chi me tegna che no te daga una man in tel muso.

SMERALDINA Le mani nel viso non me le ha date nessuno; e mi maraviglio di voi.

PANTALONE Cusì ti me rispondi? (*le va da vicino*).

SMERALDINA Eh, non mi pigliate. Avete degli impedimenti che non potete correre (*parte correndo*).

PANTALONE Desgraziada, te farò veder se posso correr; te chiaperò (*parte correndo dietro a Smeraldina*).

## SCENA DICIANNOVESIMA

*Beatrice, Truffaldino, poi Florindo alla finestra della locanda.*

TRUFFALDINO (Se savess come far a cavarme).

BEATRICE (Povera Clarice, ella è disperata per la gelosia di Silvio; converrà ch'io mi scopra, e che la consoli) (*osservando il viglietto*).

TRUFFALDINO (Par che nol me veda. Voi provar de andar via) (*pian piano se ne vorrebbe andare*).

BEATRICE Dove vai?

TRUFFALDINO Son qua (*si ferma*).

BEATRICE Perché hai aperta questa lettera?

TRUFFALDINO L'è stada Smeraldina. Signor, mi no so gnente.

BEATRICE Che Smeraldina? Tu sei stato, briccone. Una, e una due. Due lettere mi hai aperte in un giorno. Vieni qui.

TRUFFALDINO Per carità, signor (*accostandosi con paura*).

BEATRICE Vien qui, dico.

TRUFFALDINO Per misericordia (*s'accosta tremando*). Beatrice leva dal fianco di Truffaldino il bastone, e lo bastona ben bene, essendo voltata colla schiena alla locanda.

FLORINDO (*alla finestra della locanda*) Come! Si bastona il mio servitore? (*parte dalla finestra*).

TRUFFALDINO No più, per carità.

BEATRICE Tieni, briccone. Imparerai a aprir le lettere (*getta il bastone per terra e parte*).


## SCENA VENTESIMA

*Truffaldino, poi Florindo dalla locanda.*

TRUFFALDINO (*dopo partita Beatrice*) Sangue de mi! Corpo de mi! Così se tratta coi omeni della me sorte? Bastonar un par mio? I servitori, co no i serve, i se manda via, no i se bastona.

FLORINDO Che cosa dici? (*uscito dalla locanda non veduto da Truffaldino*).

TRUFFALDINO (Oh!) (*avvedendosi di Florindo*). No se bastona i servitori dei altri in sta maniera. Quest'l'è un affronto, che ha ricevudo el me padron (*verso la parte per dove è andata Beatrice*).

FLORINDO Sì, è un affronto che ricevo io. Chi è colui che ti ha bastonato?

TRUFFALDINO Mi no lo so, signor: nol conosso.

FLORINDO Perché ti ha battuto?

TRUFFALDINO Perché... perché gh'ho spudà su una scarpa.

FLORINDO E ti lasci bastonare così? E non ti muovi, e non ti difendi nemmeno? Ed esponi il tuo padrone ad un affronto, ad un precipizio? Asino, poltronaccio che sei (*prende il bastone di terra*). Se hai piacere a essere bastonato, ti darò gusto, ti bastonerò ancora io (*lo bastona, e poi entra nella locanda*).

TRUFFALDINO Adesso posso dir che son servitor de do padroni. Ho tirà el salario da tutti do (*entra nella locanda*).

# ATTO TERZO

## SCENA PRIMA

*Sala della locanda con varie porte*

*Truffaldino solo, poi due Camerieri.*

TRUFFALDINO Con una scorladina ho mandà via tutto el dolor delle bastonade; ma ho magnà ben, ho disnà ben, e sta sera cenerò meio, e fin che posso vòi servir do padroni, tanto almanco che podesse tirar do salari. Adess mo coss'òia da far? El primo patron l'è fora de casa, el secondo dorme; poderia giust adesso dar un poco de aria ai abiti; tirarli fora dei bauli, e vardar se i ha bisogno de gnente. Ho giusto le chiavi. Sta sala l'è giusto a proposito. Tirerò fora i bauli, e farò pulito. Bisogna che me fazza aiutar. Camerieri (*chiama*).

CAMERIERE (*viene in compagnia d'un garzone*) Che volete?

TRUFFALDINO Voria che me dessi una man a tirar fora certi bauli da quelle camere, per dar un poco de aria ai vestidi.

CAMERIERE Andate: aiutategli (*al garzone*).

TRUFFALDINO Andemo, che ve darò de bona man una porzion de quel regalo che m'ha fatto i me padroni (*entra in una camera col garzone*).

CAMERIERE Costui pare sia un buon servitore. È lesto, pronto, attentissimo; però qualche difetto anch'egli avrà. Ho servito anch'io, e so come la va. Per amore non si fa niente. Tutto si fa o per pelar il padrone, o per fidarlo.

TRUFFALDINO (*dalla suddetta camera col garzone, portando fuori un baule*) A pian; mettemolo qua (*lo posano in mezzo alla sala*). Andemo a tor st'altro. Ma femo a pian, che el padron l'è in quell'altra stanza, che el dorme (*entra col garzone nella camera di Florindo*).

CAMERIERE Costui o è un grand'uomo di garbo, o è un gran furbo: servir due persone in questa maniera non ho più veduto. Davvero voglio stare un po'attento; non vorrei che un giorno o l'altro, col pretesto di servir due padroni, tutti due li spogliasse.

TRUFFALDINO (*dalla suddetta camera col garzone con l'altro baule*) E questo mettemolo qua (*lo posano in poca distanza da quell'altro*). Adesso, se volè andar, andè, che no me occorre altro (*al garzone*).

CAMERIERE Via, andate in cucina (*al garzone che se ne va*). Avete bisogno di nulla? (*a Truffaldino*).

TRUFFALDINO Gnente affatto. I fatti mii li fazzo da per mi.

CAMERIERE Oh va, che sei un omone; se la duri, ti stimo (*parte*).

TRUFFALDINO Adesso farò le cosse pulito, con quiete, e senza che nissun me disturba (*tira fuori di tasca una chiave*) Qual èla mo sta chiave? Qual averzela de stì do bauli? Proverò (*apre un baule*). L'ho indovinada subito. Son el primo omo del mondo. E st'altra averzirà quell'altro (*tira fuori di tasca l'altra chiave, e apre l'altro baule*). Eccoli averti tutti do. Tiremo fora ogni cossa (*leva gli abiti da tutti due i bauli e li posa sul tavolino, avvertendo che in ciaschedun baule vi sia un abito di panno nero, dei libri e delle scritture, e altre cose a piacere*). Voio un po veder, se gh'è niente in te le scarselle. Delle volte i ghe mette dei buzzolai, dei confetti (*visita le tasche del vestito nero di Beatrice, e vi trova un ritratto*). Oh bello! Che bel ritratto! Che bell'omo! De chi saral sto ritratto? L'è un'idea, che me par de cognosser, e no me l'arrecordo. El ghe someia un tantinin all'alter me padron; ma no, nol gh'ha né sto abito, nè sta perrucca.

## SCENA SECONDA

*Florindo nella sua camera, e detto.*

FLORINDO Truffaldino (*chiamandolo dalla camera*).

TRUFFALDINO O sia maledetto! El s'ha sveià. Se el diavol fa che el vegna fora, e el veda st'alter baul, el vorrà saver... Presto, presto, lo serrerò, e dirò che no so de chi el sia (*va riponendo le robe*).

FLORINDO Truffaldino (*come sopra*).

TRUFFALDINO La servo (*risponde forte*). Che metta via la roba. Ma! No me recordo ben sto abito dove che el vada. E ste carte no me recordo dove che le fusse.

FLORINDO Vieni, o vengo a prenderti con un bastone? (*come sopra*).

TRUFFALDINO Vengo subito (*forte, come sopra*). Presto, avanti che el vegna. Co l'anderà fora de casa, giusterò tutto (*mette le robe a caso nei due bauli, e li serra*).

FLORINDO (*esce dalla sua stanza in veste da camera*) Che cosa diavolo fai? (*a Truffaldino*).

TRUFFALDINO Caro signor, no m'ala dito che repulissa i panni? Era qua che fava l'obbligo mio.

FLORINDO E quell'altro baule di chi è?

TRUFFALDINO No so gnente; el sarà d'un altro forestier.

FLORINDO Dammi il vestito nero.

TRUFFALDINO La servo (*apre il baule di Florindo, e gli dà il suo vestito nero*). Florindo si fa levare la veste da camera, e si pone il vestito; poi, mettendo le mani in tasca, trova il ritratto.

FLORINDO Che è questo? (*maravigliandosi del ritratto*).

TRUFFALDINO (Oh diavolo! Ho fallà. In vece de metterlo in tel vestido de quel alter, l'ho mess in questo. El color m'ha fatto fallar).

FLORINDO (Oh cieli! Non m'inganno io già. Questo è il mio ritratto; il mio ritratto che donai io medesimo alla mia cara Beatrice). Dimmi, tu, come è entrato nelle tasche del mio vestito questo ritratto, che non vi era?

TRUFFALDINO (Adesso mo no so come covrirla. Me inzegnerò).

FLORINDO Animo, dico; parla, rispondi. Questo ritratto, come nelle mie tasche?

TRUFFALDINO Caro sior padron, la compatissa la confidenza che me son tolto. Quel ritratt l'è roba mia; per no perderlo, l'aveva nascosto là drento. Per amor del ciel, la me compatissa.

FLORINDO Dove hai avuto questo ritratto?

TRUFFALDINO L'ho eredità dal me padron.

FLORINDO Ereditato?

TRUFFALDINO Sior Sì, ho servido un padron, l'è morto, el m'ha lassa delle bagattelle che le ho vendude, e m'è resta sto ritratt.

FLORINDO Oimè! Quanto tempo è che è morto questo tuo padrone?

TRUFFALDINO Sarà una settimana. (Digo quel che me vien alla bocca).

FLORINDO Come chiamavasi questo tuo padrone?

TRUFFALDINO Nol so, signor; el viveva incognito.

FLORINDO Incognito? Quanto tempo lo hai tu servito?

TRUFFALDINO Poco: diese o dodese zorni.

FLORINDO (Oh cieli! Sempre più tremo, che non sia stata Beatrice! Fuggi in abito d'uomo... viveva incognita... Oh me infelice, se fosse vero!).

TRUFFALDINO (Col crede tutto, ghe ne racconterò delle belle).

FLORINDO Dimmi, era giovine il tuo padrone? (*con affanno*).

TRUFFALDINO Sior si, zovene.

FLORINDO Senza barba?

TRUFFALDINO Senza barba.

FLORINDO (Era ella senz'altro) (*sospirando*).

TRUFFALDINO (Bastonade spereria de no ghe n'aver).

FLORINDO Sai la patria almeno del tuo defonto padrone?

TRUFFALDINO La patria la saveva, e no me l'arrecordo.

FLORINDO Turinese forse?

TRUFFALDINO Sior si, turinese.

FLORINDO (Ogni accento di costui è una stoccata al mio cuore). Ma dimmi: è egli veramente morto questo giovine torinese?

TRUFFALDINO L'è morto siguro.

FLORINDO Di qual male è egli morto?

TRUFFALDINO Gh'è vegnù un accidente, e l'è andà. (Così me destrigo).

FLORINDO Dove è stato sepolto?

TRUFFALDINO (Un altro imbroio). No l'è stà sepolto, signor; perché un alter servitor, so patrioto, l'ha avù la licenza de metterlo in t'una cassa, e mandarlo al so paese.

FLORINDO Questo servitore era forse quello che ti fece stamane ritirar dalla Posta quella lettera?

TRUFFALDINO Sior sì, giusto Pasqual.

FLORINDO (Non vi è più speranza. Beatrice è morta. Misera Beatrice! i disagi del viaggio, i tormenti del cuore l'avranno uccisa. Oimè! non posso reggere all'eccesso del mio dolore (*entra nella sua camera*).

### SCENA TERZA

*Truffaldino, poi Beatrice e Pantalone.*

TRUFFALDINO Coss'è st'imbroio? L'è addolorà, el pianze, el se despera. No voria mi co sta favola averghe sveià l'ippocondria. Mi l'ho fatto per schivar el complimento delle bastonade, e per no scovrir l'imbroio dei do bauli. Quel ritratto gh'ha fatto mover i vermi. Bisogna che el lo conossa. Orsù, l'è mei che torna a portar sti bauli in camera, e che me libera da un'altra seccatura compagna. Ecco qua quell'alter padron. Sta volta se divide la servitù, e se me fa el ben servido (*accennando le bastonate*).

BEATRICE Credetemi, signor Pantalone, che l'ultima partita di specchi e cere è duplicata.

PANTALONE Poderia esser che i zoveni avesse fallà. Faremo passar i conti un'altra volta col scrittural; incontreremo e vederemo la verità.

BEATRICE Ho fatto anch'io un estratto di diverse partite cavate dai nostri libri. Ora lo riscontreremo. Può darsi che si dilucidi o per voi, o per me. Truffaldino?

TRUFFALDINO Signor.

BEATRICE Hai tu le chiavi del mio baule?

TRUFFALDINO Sior sì; eccole qua.

BEATRICE Perché l'hai portato in sala il mio baule?

TRUFFALDINO Per dar un poco de aria ai vestidi.

BEATRICE Hai fatto?

TRUFFALDINO Ho fatto.

BEATRICE Apri e dammi... Quell'altro baule di chi è?

TRUFFALDINO L'è d'un altro forestier, che è arrivado.

BEATRICE Dammi un libro di memorie, che troverai nel baule.

TRUFFALDINO Sior sì. (El ciel me la manda bona) (*apre e cerca il libro*).

PANTALONE Pol esser, come ghe digo, che i abbia fallà. In sto caso, error no fa pagamento.

BEATRICE E può essere che così vada bene; lo riscontreremo.

TRUFFALDINO Elo questo? (*presenta un libro di scritture a Beatrice*).

BEATRICE Sarà questo (*lo prende senza molto osservarlo, e lo apre*). No, non è questo... Di chi è questo libro?

TRUFFALDINO (*L'ho fatta*).

BEATRICE (Queste sono due lettere da me scritte a Florindo. Oimè! Queste memorie, questi conti appartengono a lui. Sudo, tremo, non so in che mondo mi sia).

PANTALONE Cossa gh'è, sior Federigo? Se sentelo gnente

BEATRICE Niente. (Truffaldino, come nel mio baule evvi questo libro che non è mio?) (*piano a Truffaldino*).

TRUFFALDINO Mi no saveria..

BEATRICE Presto, non ti confondere, dimmi la verità.

TRUFFALDINO Ghe domando scusa dell'ardir che ho avudo de metter quel libro in tel so baul. L'è roba mia, e per non perderlo, l'ho messo là. (L'è andada ben con quell'alter, pol esser che la vada ben anca con questo).

BEATRICE Questo libro è tuo, e non lo conosci, e me lo dai in vece del mio?

TRUFFALDINO (Oh, questo l'è ancora più fin). Ghe dirò: l'è poc tempo che l'è mio, e cusì subito no lo conosso.

BEATRICE E dove hai avuto tu questo libro?

TRUFFALDINO Ho servido un padron a Venezia, che l'è morto, e ho eredità sto libro.

BEATRICE Quanto tempo è?

TRUFFALDINO Che soia mi? Dies o dodese zorni.

BEATRICE Come può darsi, se io ti ho ritrovato a Verona?

TRUFFALDINO Giust allora vegniva via da Venezia per la morte del me padron.

BEATRICE (Misera me!). Questo tuo padrone aveva nome Florindo?

TRUFFALDINO Sior sì, Florindo.

BEATRICE Di famiglia Aretusi?

TRUFFALDINO Giusto, Aretusi.

BEATRICE Ed è morto sicuramente?

TRUFFALDINO Sicurissimamente.

BEATRICE Di che male è egli morto? Dove è stato sepolto?

TRUFFALDINO L'è cascà in canal, el s'ha negà, e nol s'ha più visto.

BEATRICE Oh me infelice! Morto è Florindo, morto è il mio bene, morta è l'unica mia speranza. A che ora mi serve questa inutile vita, se morto è quello per cui unicamente viveva? Oh vane lusinghe! Oh cure gettate al vento! Infelici strattagemmi d'amore! Lascio la patria, abbandono i parenti, vesto spoglie virili, mi avventuro ai pericoli, azzardo la vita istessa, tutto fo per Florindo e il mio Florindo è morto. Sventurata Beatrice! Era poco la perdita del fratello, se non ti si aggiungeva quella ancor dello sposo? Alla morte di Federigo volle il cielo che succedesse quella ancor di Florindo. Ma se io fui la cagione delle morti loro, se io sono la rea, perchè contro di me non s'arma il Cielo a vendetta? Inutile è il pianto, vane son le querele, Florindo è morto. Oimè! Il dolore mi opprime. Più non veggo la luce. Idolo mio, caro sposo, ti seguirò disperata (*parte smaniosa, ed entra nella sua camera*).

PANTALONE (*inteso con ammirazione tutto il discorso, e la disperazione di Beatrice*) Truffaldino!

TRUFFALDINO Sior Pantalon!

PANTALONE Donna!

TRUFFALDINO Femmena!

PANTALONE Oh che caso!

TRUFFALDINO Oh che maraveia!

PANTALONE Mi resto confuso.

TRUFFALDINO Mi son incanta.

PANTALONE Ghe lo vago a dir a mia fia (parte).

TRUFFALDINO No so più servitor de do padroni, ma de un padron e de una padrona (*parte*).


## SCENA QUARTA


*Strada colla locanda*

*Dottore, poi Pantalone dalla locanda.*


DOTTORE Non mi posso dar pace di questo vecchiaccio di Pantalone. Più che ci penso, più mi salta la bile.

PANTALONE Dottor caro, ve reverisso (*con allegria*).

DOTTORE Mi maraviglio che abbiate anche tanto ardire di salutarmi.

PANTALONE V'ho da dar una nova. Sappiè...

DOTTORE Volete forse dirmi che avete fatto le nozze? Non me n'importa un fico.

PANTALONE No xè vero gnente. Lassème parlar, in vostra malora.

DOTTORE Parlate, che il canchero vi mangi.

PANTALONE (Adessadesso me vien voggia de dottorarlo a pugni). Mia fia, se volè, la sarà muggier de vostro fio.

DOTTORE Obbligatissimo, non v'incomodate. Mio figlio non è di sì buono stomaco. Datela al signor turinese.

PANTALONE Co saverè chi xè quel turinese, no dirè cusì.

DOTTORE Sia chi esser si voglia. Vostra figlia è stata veduta con lui, *et hoc sufficit.*

PANTALONE Ma no xè vero che el sia...

DOTTORE Non voglio sentir altro.

PANTALONE Se no me ascolterè, sarà pezo per vu.

DOTTORE Lo vedremo per chi sarà peggio.

PANTALONE Mia fia la xè una putta onorata; e quella...

DOTTORE Il diavolo che vi porti.

PANTALONE Che ve strascina.

DOTTORE Vecchio senza parola e senza riputazione (*parte*).


## SCENA QUINTA


*Pantalone e poi Silvio.*


PANTALONE Siestu maledetto. El xè una bestia vestio da omo costù. Gh'oggio mai podesto dir che quella xè una donna? Mo, sior no, nol vol lassar parlar. Ma xè qua quel spuzzetta de so fio; m'aspetto qualche altra insolenza.

SILVIO (Ecco Pantalone. Mi sento tentato di cacciargli la spada nel petto).

PANTALONE Sior Silvio, con so bona grazia, averave da darghe una bona niova, se la se degnasse de lassarme parlar, e che no la fusse come quella masena de molin de so sior pare.

SILVIO Che avete a dirmi? Parlate.

PANTALONE La sappia che el matrimonio de mia fia co sior Federigo xè andà a monte.

SILVIO È vero? Non m'ingannate?

PANTALONE Ghe digo la verità, e se la xè più de quell'umor, mia fia xè pronta a darghe la man.

SILVIO Oh cielo! Voi mi ritornate da morte a vita.

PANTALONE (Via, via, nol xè tanto bestia, come so pare).

SILVIO Ma! oh cieli! Come potrò stringere al seno colei che con un altro sposo ha lungamente parlato?

PANTALONE Alle curte. Federigo Rasponi xè deventà Beatrice, so sorella.

SILVIO Come! Io non vi capisco.

PANTALONE S'è ben duro de legname. Quel che se credeva Federigo, s'ha scoverto per Beatrice.

SILVIO Vestita da uomo?

PANTALONE Vestia da omo.

SILVIO Ora la capisco.

PANTALONE Alle tante.

SILVIO Come andò? Raccontatemi.

PANTALONE Andemo in casa. Mia fia non sa gnente. Con un racconto solo soddisfarò tutti do.

SILVIO Vi seguo, e vi domando umilmente perdono, se trasportato dalla passione...

PANTALONE A monte; ve compatisso. So cossa che xè amor. Andemo, fio mio, vengì con mi (*parte*).

SILVIO Chi più felice è di me? Qual cuore può essere più contento del mio? (*parte con Pantalone*).


## SCENA SESTA


*Sala della locanda con varie porte*

*Beatrice e Florindo escono ambidue dalle loro camere con un ferro alla mano, in atto di volersi uccidere: trattenuti quella da Brighella, e questi dal Cameriere della locanda; e s'avanzano in modo che i due amanti non si vedono fra di loro.*


BRIGHELLA La se fermi (*afferrando la mano a Beatrice*).

BEATRICE Lasciatemi per carità (*si sforza per liberarsi da Brighella*).

CAMERIERE Questa è una disperazione (*a Florindo, trattenendolo*).

FLORINDO Andate al diavolo (*si scioglie dal Cameriere*).

BEATRICE Non vi riuscirà d'impedirmi (*si allontana da Brighella*).

Tutti due s'avanzano, determinati di volersi uccidere, e vedendosi e riconoscendosi, rimangono istupiditi.

FLORINDO Che vedo!

BEATRICE Florindo!

FLORINDO Beatrice!

BEATRICE Siete in vita?

FLORINDO Voi pur vivete?

BEATRICE Oh sorte!

FLORINDO Oh anima mia!

Si lasciano cadere i ferri, e si abbracciano.

BRIGHELLA Tolè su quel sangue, che nol vada de mal (*al Cameriere scherzando, e parte*).

CAMERIERE (Almeno voglio avanzare questi coltelli. Non glieli do più) (*prende i coltelli da terra, e parte*).


## SCENA SETTIMA


*Beatrice, Florindo, poi Brighella.*


FLORINDO Qual motivo vi aveva ridotta a tale disperazione?

BEATRICE Una falsa novella della vostra morte.

FLORINDO Chi fu che vi fece credere la mia morte?

BEATRICE Il mio servitore.

FLORINDO Ed il mio parimente mi fece credere voi estinta, e trasportato da egual dolore volea privarmi di vita.

BEATRICE Questo libro fu cagion ch'io gli prestai fede.

FLORINDO Questo libro era nel mio baule. Come passò nelle vostre mani? Ah si, vi sarà pervenuto, come nelle tasche del mio vestito ritrovai il mio ritratto; ecco il mio ritratto, ch'io diedi a voi in Torino.

BEATRICE Quei ribaldi dei nostri servi, sa il cielo che cosa avranno fatto. Essi sono stati la causa del nostro dolore e della nostra disperazione.

FLORINDO Cento favole il mio mi ha raccontato di voi.

BEATRICE Ed altrettante ne ho io di voi dal servo mio tollerate.

FLORINDO E dove sono costoro?

BEATRICE Più non si vedono.

FLORINDO Cerchiamo di loro e confrontiamo la verità. Chi è di là? Non vi è nessuno? (*chiama*).

BRIGHELLA La comandi.

FLORINDO I nostri servidori dove son eglino?

BRIGHELLA Mi no lo so, signor. I se pol cercar.

FLORINDO Procurate di ritrovarli, e mandateli qui da noi.

BRIGHELLA Mi no ghe ne conosso altro che uno; lo dirò ai camerieri; lori li cognosserà tutti do. Me rallegro con lori che i abbia fatt una morte cussi dolce; se i se volesse far seppelir, che i vada in un altro logo, che qua no i stà ben. Servitor de lor signori (*parte*).

## SCENA OTTAVA

*Florindo e Beatrice.*

FLORINDO Voi pure siete in questa locanda alloggiata?

BEATRICE Ci sono giunta stamane.

FLORINDO Ed io stamane ancora. E non ci siamo prima veduti?

BEATRICE La fortuna ci ha voluto un po'tormentare.

FLORINDO Ditemi: Federigo, vostro fratello, è egli morto?

BEATRICE Ne dubitate? Spirò sul colpo.

FLORINDO Eppure mi veniva fatto credere ch'ei fosse vivo, e in Venezia.

BEATRICE Quest'è un inganno di chi sinora mi ha preso per Federigo. Partii di Torino con questi abiti e questo nome sol per seguire...

FLORINDO Lo so, per seguir me, o cara; una lettera, scrittavi dal vostro servitor di Torino, mi assicurò di un tal fatto.

BEATRICE Come giunse nelle vostre mani?

FLORINDO Un servitore, che credo sia stato il vostro, pregò il mio che ne ricercasse alla Posta. La vidi, e trovandola a voi diretta, non potei a meno di non aprirla.

BEATRICE Giustissima curiosità di un amante.

FLORINDO Che dirà mai Torino della vostra partenza?

BEATRICE Se tornerò colà vostra sposa, ogni discorso sarà finito.

FLORINDO Come posso io lusingarmi di ritornarvi sì presto, se della morte di vostro fratello sono io caricato?

BEATRICE I capitali ch'io porterò di Venezia, vi potranno liberare dal bando.

FLORINDO Ma questi servi ancor non si vedono.

BEATRICE Che mai li ha indotti a darci sì gran dolore?

FLORINDO Per saper tutto non conviene usar con essi il rigore. Convien prenderli colle buone.

BEATRICE Mi sforzerò di dissimulare.

FLORINDO Eccone uno (*vedendo venir Truffaldino*).

BEATRICE Ha cera di essere il più briccone.

FLORINDO Credo che non diciate male.


### SCENA NONA


*Truffaldino, condotto per forza da Brighella e dal Cameriere, e detti.*


FLORINDO Vieni, vieni, non aver paura.

BEATRICE Non ti vogliamo fare alcun male.

TRUFFALDINO (Eh! me recordo ancora delle bastonade) (*parte*).

BRIGHELLA Questo l'avemo trovà; se troveremo quell'altro, lo faremo vegnir.

FLORINDO Sì, è necessario che ci sieno tutti due in una volta.

BRIGHELLA (Lo conosseu vu quell'altro?) (*piano al Cameriere*).

CAMERIERE (Io no) (*a Brighella*).

BRIGHELLA (Domanderemo in cusina. Qualchedun lo cognosserà) (*al Cameriere, e parte*).

CAMERIERE (Se ci fosse, l'avrei da conoscere ancora io) (*parte*).

FLORINDO Orsù, narraci un poco come andò la faccenda del cambio del ritratto e del libro, e perché tanto tu che quell'altro briccone vi uniste a farci disperare.

TRUFFALDINO (*fa cenno col dito a tutti due che stiano cheti*) Zitto (*a tutti due*). La favorissa, una parola in disparte (*a Florindo, allontanandolo da Beatrice*). (Adessadesso ghe racconterò tutto) (*a Beatrice, nell'atto che si scosta per parlare a Florindo*). (La sappia, signor (*parla a Florindo*) che mi de tutt sto negozi no ghe n'ho colpa, ma chi è stà causa l'è stà Pasqual, servitor de quella signora ch'è là (*accennando cautamente Beatrice*). Lu l'è sta quello che ha confuso la roba, e quel che andava in t'un baul el l'ha mess in quell'alter, senza che mi me ne accorza. El poveromo s'ha raccomandà a mi che lo tegna coverto, acciò che el so padron no lo cazza via, e mi che son de bon cor, che per i amici me faria sbudellar, ho trovà tutte quelle belle invenzion per veder d'accomodarla. No me saria mo mai stimà, che quel ritratt fosse voster, e che tant v'avess da

71

despiaser che fusse morto quel che l'aveva. Eccove contà l'istoria come che l'è, da quell'omo sincero, da quel servitor fedel che ve ne son).

BEATRICE (Gran discorso lungo gli fa colui. Son curiosa di saperne il mistero).

FLORINDO (Dunque colui che ti fece pigliar alla Posta la nota lettera, era servitore della signora Beatrice?) (*piano a Truffaldino*).

TRUFFALDINO (Sior Sì, el giera Pasqual) (*piano a Florindo*).

FLORINDO (Perché tenermi nascosta una cosa, di cui con tanta premura ti aveva ricercato?) (*piano a Truffaldino*).

TRUFFALDINO (El m'aveva pregà che no lo disesse) (*piano a Florindo*).

FLORINDO (Chi?) (*come sopra*).

TRUFFALDINO (Pasqual) (*come sopra*).

FLORINDO (Perché non obbedire al tuo padrone?) (*come sopra*).

TRUFFALDINO (Per amor de Pasqual) (*come sopra*).

FLORINDO (Converrebbe che io bastonassi Pasquale e te nello stesso tempo) (*come sopra*).

TRUFFALDINO (In quel caso me toccherave a mi le mie e anca quelle de Pasqual).

BEATRICE È ancor finito questo lungo esame?

FLORINDO Costui mi va dicendo...

TRUFFALDINO (Per amor del cielo, sior padron, no la descoverza Pasqual. Piuttosto la diga che son stà mi, la me bastona anca, se la vol, ma no la me ruvina Pasqual) (*piano a Florindo*).

FLORINDO (Sei così amoroso per il tuo Pasquale?) (*piano a Truffaldino*).

TRUFFALDINO (Ghe voi ben, come s el fuss me fradel Adess voi andar da quella signora, voi dirghe che son sta mi, che ho fallà; vai che i me grida, che i me strapazza, ma che se salva Pasqual) (*come sopra, e si scosta da Florindo*).

FLORINDO (Costui è di un carattere molto amoroso).

TRUFFALDINO Son qua da ella (*accostandosi a Beatrice*).

BEATRICE (Che lungo discorso hai tenuto col signor Florindo?) (*piano a Truffaldino*).

TRUFFALDINO (La sappia che quel signor el gh'ha un servidor che gh'ha nome Pasqual; l'è el più gran mamalucco del mondo; l'è stà lu che ha fatt quei zavai della roba, e perchè el poveromo l'aveva paura che el so patron lo cazzasse via, ho trovà mi quella scusa del libro, del padron morto, nega, etecetera. E anca adess a sior Florindo gh'ho ditt che mi son stà causa de tutto) (*piano sempre a Beatrice*).

BEATRICE (Perchè accusarti di una colpa che asserisci di non avere?) (*a Truffaldino, come sopra*).

TRUFFALDINO (Per l'amor che porto a Pasqual) (*come sopra*).

FLORINDO (La cosa va un poco in lungo).

TRUFFALDINO (Cara ella, la prego, no la lo precipita) (*piano a Beatrice*).

BEATRICE (Chi?) (*come sopra*).

TRUFFALDINO (Pasqual) (*come sopra*).

BEATRICE (Pasquale e voi siete due bricconi) (*come sopra*).

TRUFFALDINO (Eh, sarò mi solo).

FLORINDO Non cerchiamo altro, signora Beatrice, i nostri servitori non l'hanno fatto a malizia; meritano essere corretti, ma in grazia delle nostre consolazioni, si può loro perdonare il trascorso.

BEATRICE È vero, ma il vostro servitore...

TRUFFALDINO (Per amor del cielo, no la nomina Pasqual) (*piano a Beatrice*).

BEATRICE Orsù, io andar dovrei dal signor Pantalone de'Bisognosi; vi sentireste voi di venir con me? (*a Florindo*).

FLORINDO Ci verrei volentieri, ma devo attendere un banchiere a casa. Ci verrò più tardi, se avete premura.

BEATRICE Sì, voglio andarvi subito. Vi aspetterò dal signor Pantalone; di là non parto, se non venite.

FLORINDO Io non so dove stia di casa.

TRUFFALDINO Lo so mi, signor, lo compagnerò mi.

BEATRICE Bene, vado in camera a terminar di vestirmi.

TRUFFALDINO (La vada, che la servo subito) (*piano a Beatrice*).

BEATRICE Caro Florindo, gran pene che ho provate per voi (*entra in camera*).


**SCENA DECIMA**


*Florindo e Truffaldino.*


FLORINDO Le mie non sono state minori (*dietro a Beatrice*).

TRUFFALDINO La diga, sior patron, no gh'è Pasqual; siora Beatrice no gh'ha nissun che l'aiuta a vestir; se contentelo che vada mi a servirla in vece de Pasqual?

FLORINDO Sì, vanne pure; servila con attenzione, avrò piacere.

TRUFFALDINO (A invenzion, a prontezza, a cabale, sfido el primo sollicitador de Palazzo) (*entra nella camera di Beatrice*).


## SCENA UNDICESIMA


*Florindo, poi Beatrice e Truffaldino.*


FLORINDO Grandi accidenti accaduti sono in questa giornata! Pianti, lamenti, disperazioni, e all'ultimo consolazione e allegrezza. Passar dal pianto al riso è un dolce salto che fa scordare gli affanni, ma quando dal piacere si passa al duolo, è più sensibile la mutazione.

BEATRICE Eccomi lesta.

FLORINDO Quando cambierete voi quelle vesti?

BEATRICE Non istò bene vestita così?

FLORINDO Non vedo l'ora di vedervi colla gonnella e col busto. La vostra bellezza non ha da essere soverchiamente coperta.

BEATRICE Orsù, vi aspetto dal signor Pantalone; fatevi accompagnare da Truffaldino.

FLORINDO L'attendo ancora un poco; e se il banchiere non viene, ritornerà un'altra volta.

BEATRICE Mostratemi l'amor vostro nella vostra sollecitudine (*s'avvia per partire*).

TRUFFALDINO (Comandela che resta a servir sto signor?) (*piano a Beatrice, accennando Florindo*).

BEATRICE (Sì, lo accompagnerai dal signor Pantalone) (*a Truffaldino*).

TRUFFALDINO (E da quella strada lo servirò, perché no gh'è Pasqual) (*come sopra*).

BEATRICE Servilo, mi farai cosa grata. (Lo amo più di me stessa) (*parte*).


## SCENA DODICESIMA


*Florindo e Truffaldino.*

TRUFFALDINO Tolì, nol se vede. El padron se veste, el va fora de casa, e nol se vede.

FLORINDO Di chi parli?

TRUFFALDINO De Pasqual. Ghe voio ben, l'è me amigo, ma l'è un poltron. Mi son un servitor che valo per do.

FLORINDO Vienmi a vestire. Frattanto verrà il banchiere.

TRUFFALDINO Sior padron, sento che vussioria ha d'andar in casa de sior Pantalon.

FLORINDO Ebbene, che vorresti tu dire?

TRUFFALDINO Vorria pregarlo de una grazia.

FLORINDO Sì, te lo meriti davvero per i tuoi buoni portamenti.

TRUFFALDINO Se è nato qualcossa, la sa che l'è stà Pasqual.

FLORINDO Ma dov'è questo maledetto Pasquale? Non si può vedere?

TRUFFALDINO El vegnirà sto baron. E cusì, sior padron, voria domandarghe sta grazia.

FLORINDO Che cosa vuoi?

TRUFFALDINO Anca mi, poverin, son innamorado.

FLORINDO Sei innamorato?

TRUFFALDINO Signor sì; e la me morosa l'è la serva de sior Pantalon; e voria mo che vussioria...

FLORINDO Come c entro io?

TRUFFALDINO Oh, no digo che la ghe intra; ma essendo mi el so servitor, che la disess una parola per mi al sior Pantalon.

FLORINDO Bisogna vedere se la ragazza ti vuole.

TRUFFALDINO La ragazza me vol. Basta una parola al sior Pantalon; la prego de sta carità.

FLORINDO Sì, lo farò; ma come la manterrai la moglie?

TRUFFALDINO Farò quel che poderò. Me raccomanderò a Pasqual.

FLORINDO Raccomandati a un poco più di giudizio (*entra in camera*).

TRUFFALDINO Se non fazzo giudizio sta volta, no lo fazzo mai più (*entra in camera, dietro a Florindo*).

## SCENA TREDICESIMA


*Camera in casa di Pantalone*

*Pantalone, il Dottore, Clarice, Silvio, Smeraldina.*


PANTALONE Via, Clarice, non esser cusì ustinada. Ti vedi che l'è pentio sior Silvio, che el te domanda perdon; se l'ha dà in qualche debolezza, el l'ha fatto per amor; anca mi gh'ho perdonà i strambezzi, ti ghe li ha da perdonar anca ti.

SILVIO Misurate dalla vostra pena la mia, signora Clarice, e tanto più assicuratevi che vi amo davvero, quanto più il timore di perdervi mi aveva reso furioso. Il Cielo ci vuol felici, non vi rendete ingrata alle beneficenze del Cielo. Coll'immagine della vendetta non funestate il più bel giorno di nostra vita.

DOTTORE Alle preghiere di mio figliuolo aggiungo le mie. Signora Clarice, mia cara nuora, compatitelo il poverino; è stato lì lì per diventar pazzo.

SMERALDINA Via, signora padrona, che cosa volete fare? Gli uomini, poco più, poco meno, con noi sono tutti crudeli. Pretendono un'esattissima fedeltà, e per ogni leggiero sospetto ci strapazzano, ci maltrattano, ci vorrebbero veder morire. Già con uno o con l'altro avete da maritarvi; dirò, come si dice agli ammalati, giacché avete da prender la medicina, prendetela.

PANTALONE Via, sentistu? Smeraldina al matrimonio la ghe dise medicamento. No far che el te para tossego. (Bisogna veder de devertirla) (*piano al Dottore*).

DOTTORE Non è ne veleno, né medicamento, no. Il matrimonio è una confezione, un giulebbe, un candito.

SILVIO Ma, cara Clarice mia, possibile che un accento non abbia a uscire dalle vostre labbra? So che merito da voi essere punito, ma per pietà, punitemi colle vostre parole, non con il vostro silenzio. Eccomi ai vostri piedi; movetevi a compassione di me (*s'inginocchia*).

CLARICE Crudele! (sospirando verso Silvio).

PANTALONE (Aveu sentio quella sospiradina? Bon segno) (*piano al Dottore*).

DOTTORE (Incalza l'argomento) (*piano a Silvio*).

SMERALDINA (Il sospiro è come il lampo: foriero di pioggia).

SILVIO Se credessi che pretendeste il mio sangue in vendetta della supposta mia crudeltà, ve lo esibisco di buon animo. Ma oh Dio! in luogo del sangue delle mie vene, prendetevi quello che mi sgorga dagli occhi (*piange*).

PANTALONE (Bravo!).

CLARICE Crudele! (*come sopra, e con maggior tenerezza*).

DOTTORE (È cotta) (*piano a Pantalone*).

PANTALONE Animo, leveve su (*a Silvio, alzandolo*). Vegni qua (*al medesimo, prendendolo per la mano*). Vegni qua anca vu, siora (*prende la mano di Clarice*). Animo, torneve a toccar la man; fe pase, no pianzè più, consoleve, fenila, tolè; el cielo ve benediga (*unisce le mani d'ambidue*).

DOTTORE Via, è fatta.

SMERALDINA Fatta, fatta.

SILVIO Deh, signora Clarice, per carità (*tenendola per la mano*).

CLARICE Ingrato!

SILVIO Cara.

CLARICE Inumano!

SILVIO Anima mia.

CLARICE Cane!

SILVIO Viscere mie.

CLARICE Ah! (*sospira*).

PANTALONE (La va).

SILVIO Perdonatemi, per amor del cielo.

CLARICE Ah! vi ho perdonato (*sospirando*).

PANTALONE (La xè andada).

DOTTORE Via, Silvio, ti ha perdonato.

SMERALDINA L'ammalato è disposto, dategli il medicamento.


## SCENA QUATTORDICESIMA


*Brighella e detti.*


BRIGHELLA Con bona grazia, se pol vegnir? (*entra*).

PANTALONE Vegni qua mo, sior compare Brighella. Vu sè quello che m'ha dà da intender ste belle fandonie, che m'ha assicurà che sior Federigo gera quello, ah?

BRIGHELLA Caro signor, chi non s'averave ingannà? I era do fradelli che se somegiava come un pomo spartido. Con quei abiti averia zogà la testa che el giera lu.

PANTALONE Basta; la xè passada. Cossa gh'è da niovo?

BRIGHELLA La signora Beatrice l'è qua, che la li vorria reverir.

PANTALONE Che la vegna pur, che la xè parona.

CLARICE Povera signora Beatrice, mi consolo che sia in buono stato.

SILVIO Avete compassione di lei?

CLARICE Si, moltissima.

SILVIO E di me?

CLARICE Ah crudele!

PANTALONE Sentiu che parole amorose? (al Dottore).

DOTTORE Mio figliuolo poi ha maniera (a Pantalone).

PANTALONE Mia fia, poverazza, la xè de bon cuor (al Dottore).

SMERALDINA (Eh, tutti due sanno fare la loro parte).

### SCENA QUINDICESIMA

*Beatrice e detti.*

BEATRICE Signori, eccomi qui a chiedervi scusa, a domandarvi perdono, se per cagione mia aveste dei disturbi...

CLARICE Niente, amica, venite qui (l'abbraccia).

SILVIO Ehi? (mostrando dispiacere di quell'abbraccio).

BEATRICE Come! Nemmeno una donna? (verso Silvio).

SILVIO (Quegli abiti ancora mi fanno specie).

PANTALONE Andè là, siora Beatrice, che per esser donna e per esser zovene, gh'avè un bel coraggio.

DOTTORE Troppo spirito, padrona mia (a Beatrice).

BEATRICE Amore fa fare delle gran cose.

PANTALONE I s'ha trovà, né vero, col so moroso? Me xè stà conta.

BEATRICE Si, il cielo mi ha consolata.

DOTTORE Bella riputazione! (*a Beatrice*).

BEATRICE Signore, voi non c'entrate nei fatti miei (*al Dottore*).

SILVIO Caro signor padre, lasciate che tutti facciano il fatto loro non vi prendete di tai fastidi. Ora che sono contento io, vorrei che tutto il mondo godesse. Vi sono altri matrimoni da fare? Si facciano.

SMERALDINA Ehi, signore, vi sarebbe il mio (*a Silvio*).

SILVIO Con chi?

SMERALDINA Col primo che viene.

SILVIO Trovalo, e son qua io.

CLARICE Voi? Per far che? (*a Silvio*).

SILVIO Per un poco di dote.

CLARICE Non vi è bisogno di voi.

SMERALDINA (Ha paura che glielo mangino. Ci ha preso gusto).

## SCENA SEDICESIMA

*Truffaldino e detti.*

TRUFFALDINO Fazz reverenza a sti signori.

BEATRICE Il signor Florindo dov'è? (*a Truffaldino*).

TRUFFALDINO L'è qua, che el voria vegnir avanti, se i se contenta.

BEATRICE Vi contentate, signor Pantalone, che passi il signor Florindo?

PANTALONE Xèlo l'amigo sì fatto? (*a Beatrice*).

BEATRICE Sì, il mio sposo.

PANTALONE Che el resta servido.

BEATRICE Fa che passi (*a Truffaldino*).

TRUFFALDINO Zovenotta, ve reverisso (*a Smeraldina, piano*).

SMERALDINA Addio, morettino (*piano a Truffaldino*).

TRUFFALDINO Parleremo (*come sopra*).

SMERALDINA Di che? (*come sopra*).

TRUFFALDINO Se volessi (*fa cenno di darle l'anello, come sopra*).

SMERALDINA Perchè no? (*come sopra*).

TRUFFALDINO Parleremo (*come sopra, e parte*).

SMERALDINA Signora padrona, con licenza di questi signori, vorrei pregarla di una carità (*a Clarice*).

CLARICE Che cosa vuoi? (*tirandosi in disparte per ascoltarla*).

SMERALDINA (Anch'io sono una povera giovine, che cerco di collocarmi: vi è il servitore della signora Beatrice che mi vorrebbe; s'ella dicesse una parola alla sua padrona, che si contentasse ch'ei mi prendesse, spererei di fare la mia fortuna) (*piano a Clarice*).

CLARICE (Sì, cara Smeraldina, lo farò volentieri: subito che potrò parlare a Beatrice con libertà, lo farò certamente) (*torna al suo posto*).

PANTALONE Cossa xè sti gran secreti (*a Clarice*).

CLARICE Niente, signore. Mi diceva una cosa.

SILVIO (Posso saperla io?) (*piano a Clarice*).

CLARICE (Gran curiosità! E poi diranno di noi altre donne).

## SCENA ULTIMA

*Florindo, Truffaldino e detti.*

FLORINDO Servitor umilissimo di lor signori. (*Tutti lo salutano*). È ella il padrone di casa? (*a Pantalone*).

PANTALONE Per servirla.

FLORINDO Permetta ch'io abbia l'onore di dedicarle la mia servitù, scortato a farlo dalla signora Beatrice di cui, siccome di me, note gli saranno le vicende passate.

PANTALONE Me consolo de conoscerla e de reverirla, e me consolo de cuor delle so contentezze.

FLORINDO La signora Beatrice deve esser mia sposa, e se voi non isdegnate onorarci, sarete pronubo delle nostre nozze.

PANTALONE Quel che s'ha da far, che el se fazza subito. Le se daga la man.

FLORINDO Son pronto, signora Beatrice.

BEATRICE Eccola, signor Florindo.

SMERALDINA (Eh, non si fanno pregare).

PANTALONE Faremo po el saldo dei nostri conti. Le giusta le so partie, che po giusteremo le nostre.

CLARICE Amica, me ne consolo (*a Beatrice*).

BEATRICE Ed io di cuore con voi (*a Clarice*).

SILVIO Signore, mi riconoscete voi? (*a Florindo*).

FLORINDO Si, Vi riconosco; siete quello che voleva fare un duello.

SILVIO Anzi l'ho fatto per mio malanno. Ecco chi mi ha disarmato e poco meno che ucciso (*accennando Beatrice*).

BEATRICE Potete dire chi vi ha donato la vita (*a Silvio*).

SILVIO Si, è vero.

CLARICE In grazia mia però (*a Silvio*).

SILVIO È verissimo.

PANTALONE Tutto xè giusta, tutto xè fenio.

TRUFFALDINO Manca el meggio, signori.

PANTALONE Cossa manca?

TRUFFALDINO Con so bona grazia, una parola (*a Florindo, tirandolo in disparte*).

FLORINDO (Che cosa vuoi?) (*piano a Truffaldino*).

TRUFFALDINO (S'arrecordel cossa ch'el m'ha promesso?) (*piano a Florindo*).

FLORINDO (Che cosa? Io non me ne ricordo) (*piano a Truffaldino*).

TRUFFALDINO (De domandar a sior Pantalon Smeraldina per me muier?) (*come sopra*).

FLORINDO (Sì, ora me ne sovviene. Lo faccio subito) (*come sopra*).

TRUFFALDINO (Anca mi, poveromo, che me metta all'onor del mondo).

FLORINDO Signor Pantalone, benché sia questa la prima volta sola ch'io abbia l'onore di conoscervi, mi fo ardito di domandarvi una grazia.

PANTALONE La comandi pur. In quel che posso, la servirò.

FLORINDO Il mio servitore bramerebbe per moglie la vostra cameriera; avreste voi difficoltà di accordargliela?

SMERALDINA (Oh bella! Un altro che mi vuole. Chi diavolo è? Almeno che lo conoscessi).

PANTALONE Per mi son contento. Cossa disela ella, patrona? (*a Smeraldina*).

SMERALDINA Se potessi credere d'avere a star bene...

PANTALONE Xèlo omo da qualcossa sto so servitor? (*a Florindo*).

FLORINDO Per quel poco tempo ch'io l'ho meco, è fidato certo, e mi pare di abilita.

CLARICE Signor Florindo, voi mi avete prevenuta in una cosa che dovevo far io. Dovevo io proporre le nozze della mia cameriera per il servitore della signora Beatrice. Voi l'avete chiesta per il vostro; non occorr'altro.

FLORINDO No, no; quando voi avete questa premura, mi ritiro affatto e vi lascio in pienissima libertà.

CLARICE Non sarà mai vero che voglia io permettere che le mie premure sieno preferite alle vostre. E poi non ho, per dirvela, certo impegno. Proseguite pure nel vostro.

FLORINDO Voi lo fate per complimento. Signor Pantalone, quel che ho detto, sia per non detto. Per il mio servitore non vi parlo più, anzi non voglio che la sposi assolutamente.

CLARICE Se non la sposa il vostro, non l'ha da sposare nemmeno quell'altro. La cosa ha da essere per lo meno del pari.

TRUFFALDINO (Oh bella! Lori fa i complimenti, e mi resto senza muier).

SMERALDINA (Sto a vedere che di due non ne avrò nessuno).

PANTALONE Eh via, che i se giusta; sta povera putta gh'ha voggia de maridarse, dèmola o all'uno, o all'altro.

FLORINDO Al mio no. Non voglio certo far torto alla signora Clarice.

CLARICE Né io permetterò mai che sia fatto al signor Florindo.

TRUFFALDINO Siori, sta faccenda l'aggiusterò mi. Sior Florindo, non ala domandà Smeraldina per el so servitor?

FLORINDO Sì, non l'hai sentito tu stesso?

TRUFFALDINO E ella, siora Clarice, non àla destinà Smeraldina per el servidor de siora Beatrice?

CLARICE Dovevo parlarne sicuramente.

TRUFFALDINO Ben, co l'è cusì, Smeraldina, deme la man.

PANTALONE Mo per cossa voleu che a vu la ve daga la man? (*a Truffaldino*).

TRUFFALDINO Perché mi, mi son servitor de sior Florindo e de siora Beatrice.

FLORINDO Come?

BEATRICE Che dici?

TRUFFALDINO Un pochetto de flemma. Sior Florindo, chi v'ha pregado de domandar Smeraldina al sior Pantalon?

FLORINDO Tu mi hai pregato.

TRUFFALDINO E ella, siora Clarice, de chi intendevela che l'avesse da esser Smeraldina?

CLARICE Di te.

TRUFFALDINO Ergo Smeraldina l'è mia.

FLORINDO Signora Beatrice, il vostro servitore dov'è?

BEATRICE Eccolo qui. Non è Truffaldino?

FLORINDO Truffaldino? Questi è il mio servitore.

BEATRICE Il vostro non è Pasquale?

FLORINDO Pasquale? Doveva essere il vostro.

BEATRICE Come va la faccenda? (*verso Truffaldino*).

(*Truffaldino con lazzi muti domanda scusa*).

FLORINDO Ah briccone!

BEATRICE Ah galeotto!

FLORINDO Tu hai servito due padroni nel medesimo tempo?

TRUFFALDINO Sior si, mi ho fatto sta bravura. Son intrà in sto impegno senza pensarghe; m'ho volesto provar. Ho durà poco, è vero, ma almanco ho la gloria che nissun m'aveva ancora scoverto, se da per mi no me descovriva per l'amor de quella ragazza. Ho fatto una gran fadiga, ho fatto anca dei mancamenti, ma spero che, per rason della stravaganza, tutti sti siori me perdonerà.


Fine della commedia.